Über die Autorin:

Die Leidenschaft zum Schreiben packte Lorraine Eden Lancaster zum ersten Mal mit elf Jahren. Bereits damals faszinierten sie besonders die Genres Fantasy, Mystery und Science Fiction. Nach einigen turbulenten Ereignissen in ihrem Leben lässt sie nun ihrer Fantasie freien Lauf und entführt Sie so in die Welt der Hexen, Vampire und – Meermänner?

Memories of the Otherworld

Band 1

Memories of the Otherworld

Band 2

Bibliografische Information der Deutschen Nationalbibliothek: Die Deutsche Nationalbibliothek verzeichnet diese Publikation in der Deutschen Nationalbibliografie; detaillierte bibliografische Daten sind im Internet über http://dnb.dnb.de abrufbar.

Lektorat: Yvonne Diemer

Korrektorat: M. Diemer

Grafische Gestaltung: iStock.com/Grandfailure (Erweiterte Lizenz zum Wiederverkauf im kommerziellen Gebrauch erworben am 26.11.2021)

Herstellung und Verlag: BoD – Books on Demand, Norderstedt

ISBN: 978-3-7557-5132-8

Danksagung

Ich danke all jenen, die bei dieser Reise dabei waren und mich tatkräftig unterstützten.

Insbesondere möchte ich dafür danken, dass ihr mir den Tritt in das königliche Hinterteil verpasst habt, wenn er am dringendsten benötigt wurde.

L.E. Lancaster

Memories of the Otherworld

Memories of the Otherworld

Band 1

Drain

EINS

Horoskop Horror

Es war ein kühler, regnerischer Apriltag. Kein Sonnenstrahl vermochte es auch nur im Geringsten durch die dicke Wolkenschicht über ihr hindurchzudringen. Das perfekte Wetter für Arabella, um sich unters Volk zu mischen. An einem Tag wie diesen würden die meisten zu Hause bleiben. Sofern man sterblich war, blieb man lieber in der warmen, trockenen Wohnung, doch eine junge Vampirdame wie Arabella hingegen genoss diese Art des Wetters, weil sie nun auch tagsüber aus dem Hause gehen konnte. Sie würde trotz dieser guten Bedingungen allerdings nicht nach essbarem Ausschau halten, denn selbst der finsterste Tag kann mit der Sicherheit, die die völlige Dunkelheit der Nacht bietet, nicht konkurrieren. Allerdings bot ein solches Wetter ihr die Gelegenheit zu shoppen, was im Hinblick ihrer bevorzugten Jagdmethode sehr dringlich erledigt werden musste. Arabella liebte es des Nachts in Klubs und Bars zu gehen, zu tanzen und dabei den ein oder anderen attraktiven jungen Mann zu verführen, um ihn später all seines Blutes zu berauben. Und so wollte sie auch heute Nacht wieder losziehen, doch als sie des

Mittags in ihrem Kleiderschrank nach dem passenden Outfit Ausschau hielt, gefiel ihr rein gar nichts von dem, was sie da so sah. Und ohne die richtige Kleidung, in der sie sich wohlfühlen und Selbstbewusstsein ausstrahlen konnte, würde sie vermutlich nur wenige Chancen auf eine erfolgreiche Jagd haben. Auch wenn sie es sich nur schweren Herzens eingestand, sind die Frauen dieses Jahrhunderts eine wahre Plage ihr gegenüber geworden. Sie entpuppten sich nämlich als Konkurrenz. Das müsse man sich einmal auf der Zunge zergehen lassen. Menschliche Frauen eine Konkurrenz für eine Vampirdame. Lächerlichst.

Sie ging also in einige ihrer Lieblingsläden, von Vintage bis Highend Fashion, war da alles dabei und pickte sich geschickt, sie hatte schließlich jahrelange Erfahrung, einige passende Gewänder heraus. Sie wusste ganz genau, mit welcher Art von Aufmachung sie die Männer dieses Jahrhunderts um den Finger wickeln konnte. Es wurde allmählich spät und in jeder Hand hielt Arabella eine beträchtliche Anzahl an Einkaufstüten, da ging sie an einem kleinen Zeitungsstand vorbei und bemerkte eine Ausgabe ihrer Lieblingszeitschrift – der „Future Fashion". Sie blieb stehen, nannte dem Verkäufer den Namen der Zeitschrift und kramte mühseligste nach ihrer Geldbörse.

Als sie es nun endlich geschafft hatte, ihm einige Münzen in die Hand zu drücken, hielt sie dem Verkäufer voller Eleganz eine der Tüten hin und bat ihn darum, das Heftchen einfach hineinzustecken. Aus irgendeinem unerfindlichen Grund erfreute sie dieser Kauf besonders und sie konnte es kaum erwarten, in dem Magazin zu blättern, während sie sich schick machte. Fast so wie in einem dieser neumodernen Teenagerkitschfilme. Sie verstreute den Inhalt der Tüten auf ihrem Bett, um einen besseren Überblick zu erlangen. Ihr Blick fiel sofort auf eines der Kleider aus dem Vintageladen, es war dunkelrot und ging ihr bis an die Knie. Der Rücken wies einen tiefen Ausschnitt bis knapp über ihr Gesäß auf, und um die Taille herum war es hauteng anliegend. Der kräftige Rotton des Kleides würde perfekt mit ihrem feuerroten Haar aussehen, dachte sie. Sie nahm das Kleid aus dem Klamottenhaufen, warf diesen zu Boden und breitete das Kleid schön auf dem Bette aus. Mit einer schwungvollen Drehung ging sie zu ihrem Kleiderkasten, nahm ihren langen weißen Cardigan heraus und legte ihn neben das Kleid. Ebenso schnell fand sie die passenden Schuhe und einige geschmackvolle Accessoires. Alles in allem lag nun ein perfektes Jagdoutfit vor ihr.

Nun wollte sie zu den feineren Dingen dieses beinahe schon künstlerischen Aktes der Aufmachung übergehen.

Haare und Make-up. Sie wusch sich also ihr Haar mit dem am besten duftenden Shampoo, dass man für Geld kaufen kann, und steckte es sich mithilfe eines Handtuchs turbanartig hoch, damit es während der Bemalung ihres ohnehin schon wunderschönen Gesichtes nicht im Weg herumhing. Doch bevor sie sich an ihr Schminktischchen setzte, nahm sie die „Future Fashion" in die Hand und legte sie zwischen all ihr Schminkzeug. Genüsslich blätterte Arabella die erste Seite auf und begutachtete das Inhaltsverzeichnis. Es war fast schon zu einem Ritual geworden, dass sie ihr Horoskop zuerst las, noch bevor sie sich überhaupt die modischen Bildchen ansah und die Artikel überflog. „Seite 34", murmelte sie vor sich dahin, während sie beinahe hektisch die Seite suchte. Endlich schlug sie die Seite auf – sofort scannten ihre Augen diese ab, bemühten sich, ihr Sternzeichen zu erspähen. Es war das Letzte. Skorpion.

Hastig legte die den Make-up-Pinsel, denn sie die ganze Zeit über in Händen hielt, nieder und begann sich ihr Horoskop laut vorzulesen. Wie immer fing es mit dem Thema „Finanziell" an. „Was das Finanzielle anbelangt, so brauchen sie sich in diesem Monat keinerlei Gedanken machen. Merkur meint es gut mit ihnen." Vortrefflichst, dachte Arabella, nachdem sie den ersten Satz ihres Horoskops gelesen hatte. Vermutlich las sie deshalb mit einer anständigen Portion Optimismus weiter. Das nächste wichtige Thema, welches ihr Horoskop behandelte, war die „Gesundheit". „Auch gesundheitlich fehlt es Ihnen an nichts. Sie strahlen geradezu eine innere Jugendlichkeit aus und jedes andere Sternzeichen beneidet Sie hierfür." Arabella machte eine kurze Pause, sah vom Horoskop auf in ihren Spiegel und musste lauthals anfangen zu lachen. „Jugendlich. Naja, ich nehme an, für meine 316 Jahre habe ich mich gut gehalten."

Nach diesem kurzen Lachanfall fing sie wieder an, ihr Horoskop zu lesen. „Liebe" stand als Nächstes an der Reihe. „Nehmen Sie sich in Acht. An Ihrem nächsten Partner könnten Sie sich noch die Zähne ausbeißen." Arabella zog die Augenbrauen ungläubig hoch und schüttelte den Kopf. Sie klappte das Magazin zu und wand sich wieder der Vollendung ihres Looks zu. Nachdem sie mit ihrem raffinierten Make-up fertig war, föhne sie ihre feuerroten lockigen Haare und stylte sie. Sie zog sich an, schnappte im Hinausgehen noch eine kleine Clutch und machte sich auf den Weg in ihren Stammklub.

Zu ihrer Verwunderung stand vor dem Klub ein neuer, ihr unbekannter Türsteher. Sie nahm an, dass Bill einfach auf Urlaub war. Natürlich dachte sie nicht im Geringsten daran, dass das etwas an ihrem Eintreten in den Klub ändern würde. Leider hätte sie vielleicht doch lieber den ein oder anderen Gedanken daran verschwenden sollen, denn dieser neue Türsteher stand nun wie ein Fels in der Brandung vor ihr, sah sie von oben bis unten an und verweigerte ihr den Eintritt. Die Begründung hierfür brachte Arabella zum Schmunzeln. Er dachte, dass ihr Ausweis gefälscht sei, wobei er theoretisch gesehen auch recht hatte, immerhin wäre es doch etwas skurril, im Jahre 2021 als Geburtsjahr 1705 stehen zu haben. Doch sie fand es allemal amüsant, dass er dachte, sie hätte sich freiwillig noch älter gemacht, als sie ohnehin schon war. Da sie sich aber auf keine Diskussion mit diesem bulligen Kerl einlassen wollte, zog sie weiter zu ihrer sich in der Nähe befindenden Lieblingsbar.

Als sie so durch die Gassen schlenderte, fiel ihr plötzlich ihr Horoskop ein und was es zum Thema Gesundheit gesagt hatte. Sie versuchte mit argwöhnischen Blick und heftigem Kopfschütteln den Gedanken wieder loszuwerden, bevor sie in die Bar eintrat. Sie musste sich voll darauf konzentrieren, positiv zu bleiben und einen Treffer zu landen. Zugegeben, sie war für die Bar etwas overdressed und hätte vermutlich doch noch mal nach Hause gehen sollen, aber vielleicht spielte ihr genau das auch in die Karten. Sie öffnete die Tür zur Bar, änderte ihren Gesichtsausdruck in „arme sitzen gelassene Jungfrau" und augenblicklich stand sie im Rampenlicht. Jeder Mann in der Bar, ob mit oder ohne Frau an seiner Seite, ob alt oder jung, sah die schluchzende Rothaarige an und empfand Mitleid.

Sie setzte sich an die Bar, tat so, als würde sie sich Tränen von ihren rosa Wangen wischen und seufzte ein oder zweimal. Der Barkeeper, übrigens auch ein Vampir, stellte ihr alsbald einen Martini vor die Nase und verschwand dann wortlos wieder. Doch sie blieb nicht allzu lange allein. Schon bald gesellte sich ein junger Bursche mit zerzausten dunkelbraunen Haaren neben Arabella. Wie es nun mal so üblich war bei jungen Männern, versuchte er sich als weißen Ritter in schimmernder Rüstung aufzuspielen. Er zeigte Anteilnahme, reichte ihr ein Taschentuch nach dem anderen und verfluchte den Kerl, der einer so schönen Frau wehgetan hatte. Tatsächlich dachte er, dass er der Jäger sei. Der Wolf, der das arme, hilflose Lämmchen „aufreißen" würde. Dass es sich bei

Arabella um eine Wölfin im Schafsmantel handelte, sollte er noch früh genug mitbekommen.

Nach beinahe zwei Stunden des Jammerns und Martini hinunterkippen, fand sie, dass es an der Zeit war, sich so betrunken zu stellen, dass er glauben würde, leichtes Spiel zu haben. Sie wankte etwas auf dem Hocker hin und her und gestand leise, mit halbgeschlossenen Augen, dass sie wohl zu viel getrunken habe und gerne nach Hause wolle. Der Gentleman, der dieser Jungspund nun mal war, beglich ihre Rechnung, half ihr aufzustehen und bot ihr an, sie nach Hause zu geleiten. Mit einer inneren Zufriedenheit kicherte Arabella und tat ganz beschämt, als sie dieses Angebot annahm.

Sie führte ihn durch einige weniger belebte Straßen bis hin zu der einen Stelle, die sie für perfekt für ihren Angriff hielt. Es war eine sehr schmale, nur durch das Mondlicht beleuchtete kleine Gasse. Nachdem sie sich sicher genug war, dass sie weit genug in der Gasse drinnen waren, um von niemandem mehr gesehen zu werden, riss sie sich aus den Armen, die sie stützten, drehte sich zu dem Burschen hin und schlug blitzschnell zu.

Jedoch stimmte irgendetwas nicht so ganz. Sie hatte sie schon bildlich vorstellen können, wie es sich anfühlen würde, wenn ihre Zähne tief in den Hals ihrer Mahlzeit eindrangen und das warme Blut anfing aus der Wunde zu rinnen.

Tatsächlich aber prallten sie mehr oder weniger von dem Hals des Mannes ab und sie klebte förmlich an ihm wie ein kleiner unbedeutender Putzerfisch. Sie wagte noch einen Versuch, doch die Haut war zu zäh für ihre kleinen Beißerchen. Der junge Mann fing an zu lachen, als Arabella sich irritiert von ihm wegstieß. „Ich hatte ja schon so eine Art Gefühl bei dir in der Bar aber" Arabellas Gegenüber schnaubte verächtlich, „dass ein Vampir so dumm sein könnte, einen Werwolf abzuschleppen, hätte ich mir bei Weitem nicht erwartet.", stieß er hervor. Arabella erstarrte. Jetzt erst bemerkte sie den klaren Hundegestank an dem Typen. Er musste ihr zuvor bei all dem Rauch und Deo Geruch in der Bar unerkannt geblieben sein. Wie ärgerlich. Sie sah dem Kerl verängstigt entgegen. Er war gut gebaut, und noch dazu ein Werwolf, selbst in seiner menschlichen Gestalt hätte sie es mit ihm schwer gehabt. Ihr musste etwas Besseres einfallen. Sie sah ihm direkt in seine hellbraunen Augen und schlug ihm einen Deal vor. Er würde ihr kein Haar krümmen, und sie versprach ihm im Gegenzug die Stadt zu verlassen. Selbst wenn sie ihn hätte umbringen können, es waren vermutlich noch andere seiner Sorte in der Bar gewesen, die sie gesehen und nach dem Mord gejagt hätten. So oder so hätte sie von hier weggemusst. Der nach nassem Hund stinkende schmunzelte triumphal und nahm den Deal an. Erleichterung machte sich in ihr breit, als sie behutsam aus der Gasse schlich, den Rücken der Bestie nie zugewandt.

Zu Hause packte sie rasch ihre Sachen zusammen, das Biest war ihr gefolgt, vermutlich um sicherzugehen, dass sie ihren Teil der Abmachung auch einhielt. Als sie anfing, ihren Schminktisch zu entleeren, fiel ihr Blick auf die Zeitschrift. Sie hob sie hoch und las noch einmal den letzten Satz ihres Horoskops laut vor.

„Nehmen Sie sich in Acht. An Ihrem nächsten Partner könnten Sie sich noch die Zähne ausbeißen."

ZWEI

Draculas Duo

Rumänien, 19. Jahrhundert.

Irgendwo mitten in Rumänien in einem kleinen Dörfchen nicht fern von einem sagenumwobenen Wald, war eine Gruppe Hausierer eingekehrt. Sie waren von seltsamer Gestalt, schlaksig, bleich und unnatürlich groß. Wie es für Männer ihrer Berufung nun mal üblich war, zogen sie von Haus zu Haus, klopften an Türen und verwickelten Leute geschickt in ein Gespräch, für gewöhnlich um ihnen allerlei Plunder anzudrehen. Doch diese vier hageren Hausierer schienen von Beginn an etwas verwirrt zu sein. In ihren bodenlangen dunkellila Roben stolzierten sie immer zu zweit an ein Haus heran und klopften, doch ohne jeglichen Kram bei sich zu tragen, den sie zu verkaufen ersuchten.

Stattdessen ging das Wort umher, dass diese sonderbaren Männer jedem, der ihnen die Türe öffnete, eine Frage stellten. „Hallo. Kennen Sie Dracula?" Natürlich missbilligten die Bewohner des kleinen idyllischen Dörfchens solch abstruse Störung der befremdlichen Figuren und warfen sie mit hohem

Bogen hinaus. Die Hausierer kampierten von nun an am Rande des Waldes, denn nur zu gut wussten sie, dass sie die Jungend im Dorf neugierig gemacht hatten. In einem so kleinen Dorf wurde es schließlich schnell einmal langweilig für die nach Abenteuer lechzenden Jünglinge. Aus diesem Grund beschlossen die Hausierer in der Nähe zu bleiben und einige Tage abzuwarten, ob sich ein naives Ding oder ein großmäuliger Depp zu ihnen verirren würde.

Und tatsächlich ließ die Frage der Hageren zwei Jünglinge nicht in Ruhe. Matei und Filip Boroi, Cousins aus dem Dorf sprachen von nichts anderem mehr außer der Ankunft der Fremden und ihrer ominösen Frage. Matei war der ältere der beiden gut gebauten Jünglinge, und auch wenn er von ruhigem Wesen und ein Mann purer Vernunft zu sein schien, ließ er sich doch des Öfteren von dem jungen, aufgeweckten Filip mitreißen. Filip hatte nur Flausen im Kopf, er wollte nichts von harter Arbeit wissen und hatte lieber seinen Spaß. Zumeist auf Kosten anderer, weshalb ihn das Dorf am liebsten nicht sah.

Matei hingegen vergötterten sie. Er war hilfsbereit und zuvorkommend, kümmerte sich liebevoll um seine jüngeren Geschwister und versuchte immer wieder Filip auf den rechten Pfad zu bringen. Doch dieses Mal sollten all seine

Versuche scheitern, denn auch er war viel zu sehr der Neugier verfallen, um Gut und Böse unterscheiden zu können.

Matei und Filip schlichen sich also eines Morgens aus dem Dorf. Sie hatten Gerüchte gehört, dass die Hausierer noch immer am Rande des Waldes herumlungerten und wollten sie aufsuchen, wollten mehr erfahren, von diesem Dracula. Sie fanden die dürren Händler gerade rechtzeitig, denn diese wollten bereits wieder von dannen ziehen. Die beiden Knaben hielten die Hausierer davon ab ihre Lager weiter wegzuräumen und baten sie ihnen zu erzählen, was es denn mit diesem Dracula auf sich habe. Der Dürrste der vier Händler ergriff schnell das Wort und versicherte den beiden Ahnungslosen, dass Herr Dracula ein gütiger und großzügiger adeliger Herr sei, der ihnen sowie allen anderen Interessierten ein höchst angenehmes Dasein bescheren konnte. Alles, was sie dafür zu tun hätten, sei ihm treuste Untergebenheit und vollste Verschwiegenheit zu versprechen, ehe sie auf dem Hofe gestattet sein würden. Filip war sofort hellauf begeistert, doch in Mateis Gesicht spiegelte sich kurzzeitig Misstrauen wider, weshalb der kleinste, aber dennoch große, Bleiche das Wort ergriff. „Ihr könntet euren Familien natürlich all den Reichtum auch zukommen lassen, ja sie gar mit auf den Hof holen, nachdem ihr eure Untergebenheit zu Beweis gestellt habt, versteht sich." Nun war auch Matei mit an Bord und die beiden Cousins wollten sofort zu diesem noblen Herren und ihm treue Untertanen werden. „Nun denn, Bruder Toma hier," der Dürrste verwies auf den Bleichen mit riesigen beinahe schwarzen Augenringen, „wird euch mit Freude zu unserem Herren geleiten, ihr müsst uns anderen entschuldigen, aber wir müssen noch in andere Dörfer reisen." Nickend verabschiedeten sich die drei weiterreisenden Hausierer und Bruder Toma kehrte den beiden Cousins den Rücken zu, ehe er in Richtung Wald stapfte. Überglücklich ihrer Neugierde Folge geleistet zu haben, marschierte das ungleiche Duo nun dem wenig gesprächsfreudigen blassen Bruder Toma hinterher.

Als sie am Hofe des Dracula ankamen, war es Mittag und die Sonne erstrahlte hell am Himmel. Das rege Treiben, welches sich die beiden vorgestellt hatten, blieb aus. Nur einige wenige Mägde und Knechte trieben sich emsig herum, ansonsten wirkte das Schloss des Herren eher wie ausgestorben. Bruder Toma sprach zum ersten Mal seit Langem und erklärte den beiden, dass der Herr vermutlich in seinen Gemächern sei und der Rest des Hofrates sich vermutlich ebenso im kühlen Dunkel des Schlosses aufhielt. Bruder Toma ersuchte die beiden, sich vor dem Haupteingang der Burg zu gedulden, während er um eine Audienz mit dem Durchlaucht ersuche. Lange mussten Matei und Filip allerdings nicht warten, denn schon bald wurden die Tore für sie geöffnet und man bat sie, in die finsteren Hallen einzutreten. In dem Schloss hatte es einen eigenartigen, penetranten Geruch, den die Cousins nicht einzuordnen vermochten. Sie wurden in das Arbeitszimmer des Herren geführt, in welchem der Nobelmann an einem großen hölzernen Tische saß. Dracula war von großer Gestalt, was man ihm, obwohl er saß, sofort ansah. Seine langen schwarzen Locken hingen ihm weit über die Schulter hinab und seine markante Nase stach aus seinem sonst sehr vornehmen Gesicht heraus. Als er die zwei Burschen erblickte, kam ihm ein verstohlenes Lächeln über sein Gesicht. Sofort erkannte er das Potenzial der beiden. Er lobte Bruder Toma für die exzellente Arbeit, die er hier geleistet habe und befahl ihm nun zu gehen. Bruder Toma verbeugte sich ehrfürchtig und schritt aus dem Zimmer. Der noble Herr erhob sich anmutig und lächelte Matei und Filip freundlich an. Noch wussten die beiden nicht, wer oder was genau Dracula war, doch dieser würde sich ihnen gegenüber noch früh genug offenbaren. Für den Anfang reichte es, so empfand der Herr, wenn die beiden wüssten, dass er, der mächtige Dracula sie höchstpersönlich als seine Soldaten ausbilden wolle und sie mit ihm Seite an Seite ganz Rumänien beherrschen könnten, sobald seine Armee groß genug sei.

Auch wenn Matei tief in seinem Inneren eine gewisse Skepsis empfand, so hatte dieser Herr Dracula eine gewisse Ausstrahlung, die ihn in dessen Bann zog. Filip war sofort Feuer und Flamme. Es war keinerlei „gut zureden", „auf die Schulter klopfen" oder Ähnliches nötig, um ihn davon zu überzeugen, dass Herr Dracula ein Mann von nobelster Herkunft und besten Absichten für ganz Rumänien war.

Vom ersten Tag an gab er sein Bestes, und was Dracula auch immer von ihm verlangte, führte er ohne jeglichen Zweifel und mit größter Sorgfalt aus. Im Nu wurde aus dem sonst schelmischen Filip ein ehrbarer Soldat. Und auch aus Matei wurde in kurzer Zeit ein stattlicher Kämpfer, wenn er auch dem hitzköpfigem Filip, der im Zweikampf auf rohe Gewalt setzte, unterlegen war, so glich er diese Schwäche durch seine Klugheit bei Weitem wieder aus.

Die beiden hatten alle Erwartungen des Herren übertroffen. Er war stolz auf die jungen Männer, von denen er von Anbeginn an, als er sie zum ersten Mal gesehen wusste, dass sie ein perfektes Doppel, die perfekten Legionäre für ihn sein würden. Nun war es an der Zeit. Matei und Filip waren ihm treu ergeben und formidable Krieger geworden. Draculas Heer war gewachsen und es fehlten ihm nur mehr zwei ihm ebenbürtige Kriegsführer, um seinen Plan in die Tat umzusetzen. Matei und Filip sollten die Wahrheit erfahren und mit ihm gleichgestellt werden. Er bat die beiden Männer in sein Arbeitszimmer, wo er ihnen von seinem Plan, das Heer in drei kleinere Teile zu splitten, um so schneller ganz Rumänien einnehmen zu können, berichtete. Bei dieser Gelegenheit erklärte er ihnen auch, dass es sie sein sollen, die diese andern zwei Teile des Heeres führen, wenn sie sich dazu bereit erklärten, alles dafür, für Rumänien, für ihn ihren Herren, zu geben. Matei und Filip fühlten sich geehrt, hatten beinahe schon Tränen in den Augen und nickten eifrig. Insgeheim wussten sie bereits lange, was Dracula war. Es gab mehr als nur eine Gelegenheit, bei der ihnen sein Anderssein aufgefallen war. Doch es störte sie nicht. Er hatte sie immer gut behandelt, war gerecht und was das Wichtigste war, er hatte sie nie miteinander verglichen. Er erkannte, dass beide ihre Stärken und Schwächen hatten, und half ihnen, diese zu verbessern oder abzulegen. Sie empfanden es also mehr als ein Privileg, von ihm auserkoren worden zu sein und sich seines Gleichen zu gesellen.

In Windes eile riss der Nobelmann seinen Mund weit auf und lange Fangzähne blitzen aus der Dunkelheit des Arbeitszimmers hervor und Matei sowie Filips Hals verspürten einen kurzen stechenden Schmerz. Keiner der beiden schrei auf oder zuckte auch nur, und als Dracula ihnen sein bereits blutendes Handgelenk hinhielt, nahmen sie mit

Freuden das Blut des Herren entgegen. Nun waren sie ihm ebenbürtig. Nun waren auch sie Wesen der Nacht. Vampire.

Die kommenden Wochen über verbreiteten Draculas Duo, wie man sie bereits nannte Angst und Schrecken. Jeder, der sich nicht ihnen und Ihrem Herren unterwarf, wurde auf brutalste Weise niedergemetzelt. Besonders Filip empfand größte Frohmut darin, die niederen Menschenwürmer schreien zu hören und sie bluten zu sehen. Er war nun jemand. Er besaß Macht. Dracula selbst hatte ihn dazu vorgesehen, sich ganz Rumänien Untertan zu machen. Aus Filip wurde eines der gefürchtetsten Monster ganz Rumäniens. Während sein Cousin Matei, wenn auch dank seiner neuen Unsterblichkeit von einem geachteten Mann zu einem nicht viel weniger grausamen Vampir wurde, doch viel mehr wegen seines hohen Intellekts gefürchtet war. Er war gerissen und jeder Plan war gelungen, jede Schlacht war gewonnen, die aus seiner Feder stammte, bevor es überhaupt begann.

Draculas Duo war bald gefürchteter als er selbst, und das missbilligte ihm keineswegs. Denn während die Jugend an vorderster Front stand, lauerte er in den Schatten und wartete nur darauf, in vollkommene Vergessenheit zu geraten, ehe er wieder auferstand und für Angst und Schrecken sorgte.

D R E I

Menschenmeer

Josie lebt schon seit einiger Zeit in Pittsburgh und hatte sich bis dato eigentlich auch recht wohl gefühlt. Sie war ihrem früheren Leben entflohen und hatten sich der Lebensweise ihres damaligen Freundeskreises entsagt. Vermutlich dachte sie zurecht, dass es zu einfach gewesen war, den anderen bei einer Nacht und Nebelaktion davon zu rennen und irgendwo neu anzufangen, denn vor einigen Monden fingen die Albträume an. Während ihren Ruhepausen, die sie benötigte, seitdem sie sich nicht mehr von frischen Menschenblut nährte, plagten sie immer wieder Visionen. Sie sah ihre alte Clique, wie sie im Wald einem Menschen, den sie entführt und dorthin verschleppt hatten, nachjagten und ihn nach einer wilden Hetzerei beinahe in der Luft zerfetzten, so groß war ihr Blutrausch. Keuchend wurde Josie bei solch einem Traum aus dem Schlaf gerissen. Zunächst hatte sie diese Träume nur selten und zumeist waren sie auch nur von kurzer Dauer. Doch vor einigen Nächte bemerkte sie, wie die Träume länger und detaillierter wurden. Zu diesem Zeitpunkt hatte sie sie bereits täglich. Letzte Nacht bekam sie gleich gar kein Auge mehr zu, da sie wusste, was sie erwarten würde. Sie konnte das Opfer in dem Traum förmlich hören. Wie es schrie, wie ihm das Atmen schwer viel, der Herzschlag beschleunigte. Sie fühlte die Kiefernnadeln unter ihren Fußsohlen, konnte den Wind an ihr vorbeifahren spüren. Welch ein Adrenalinstoß es doch immer gewesen war. Die Euphorie die man verspürte. Und dann, ein Biss. Das Blut. Wie es an der glatten Haut des Menschen hinab rinnt. Der süße Duft lag jede Nacht in ihrer Nase, während Geifer aus ihrem Mund floss.

Josie musste seit jener Nacht, in welcher sie den Traum zum ersten Mal hatte, immer öfter eine Blutbank ausrauben. Sie wollte niemanden mehr töten müssen, um selbst überleben zu können. Sie hatte die ständige Gewalt satt, von der sie umgeben war und verabscheute das Monster, welches sie einst gewesen war. Doch allzu lange würde sie dem Ganzen nicht mehr standhalten können. Die Träume wurden zu real und der Druck, den die Menschen, die eifrig nach dem Blutbankbanditen Ausschau hielten, auf sie ausübten, wurde allmählich zu groß.

Vermehrt ertappte sich die junge Vampirin, wie sie zu Hause auf dem Boden kauerte und unter schlimmster Todesfurcht nach Luft schnappte. Ihre Brust hob und sank sich viel zu schnell und ihr ganzer Leib erzitterte. Es musste dem ein Ende gesetzt werden. Ein für alle Mal. Josie dachte, dass wenn sie sich selbst beweisen könne, dass sie in einem Meer voller leckerer Menschen der Versuchung standhalten könne, sie befreit sei. Befreit vor Angst und Leid. Keine grässlichen Träume der Vergangenheit mehr. Trotz ihrer neugefundenen Zuversicht, endgültig ihr altes Leben hinter sich zu lassen, schlummerte in ihrem tiefsten Inneren eine Art Unbehagen. Und wie eine böse Vorahnung zog noch am selben Abend ein tosendes Unwetter über Pittsburgh, dessen Auswirkungen sich noch lange bemerkbar machen sollten.

Josie hatte sich für heute Abend besonders schick gemacht und ging in den angesagtesten Klub der Stadt. Dort würde es von Menschen wimmeln und ihr Heißhunger auf frisches Blut würde am größten sein. Wenn sie dem widersteht, was sollte ihr ein Traum dann noch anhaben können? Im Klub stand die Luft, und der Geruch von zu vielen tanzenden Menschen, die allesamt nach Schweiß rochen, war eminent. Je länger Josie sich im Klub aufhielt, desto mehr nahm sie die mit Blut durchströmten Venen der Menschen war. Ihre Herzen rasten, sie schnauften. Fast so wie in ihrem Traum nur aufs Hundertfache verstärkt. Die Vampirdame rang nach Luft, schluckte und fühlte, wie ihr Kiefer begann, sich zu verformen. Wieso jetzt? Was war der Auslöser für die Träume oder den zurückkehrenden Jagdinstinkt? Es musste doch eine Erklärung dafür geben. Und als sie sich durch die

Menschenmengen zwängte, bestrebt niemanden zu verletzen und sich auf der Damentoilette kurz zu verbarrikadieren, sah sie sie. Ihre Erklärung, den Grund, ihr Verderben.

Lässig lehnten sie da. Die drei Vampire, die Josie einst ihre Freunde nannte. Vivian stach mit ihren lilaschimmernden Haaren an den Tresen sofort heraus. Calebs laute tiefe Stimme war nun, da sie ihn gesehen hatte, kaum mehr zu überhören. Und dann richtete sich ihr Blick auf den dritten im Bunde. Als Seans durchdringende Augen auf Josie trafen, wusste sie, dass sie verloren war. Panik breitete sich in ihr aus.

Hektisch versuchte sie sich ihren Weg zur Toilette zu bahnen. Ihr fehlten noch einige Meter, doch kurz bevor sie die Tür erreicht hatte, stand eine blasse Frau vor ihr, deren nach Rosen duftende Lockenpracht Josie vollkommen die Luft abschnürte. Nur Augenblicke später flüsterte ihr Vivian auch schon ein einfaches: „Na hast du uns vermisst?" ins Ohr, bevor sie wieder verschwand. Josie stand wie gelähmt vor der Damentoilette. Sie wagte es nicht, sich nach Vivian umzusehen, hatte Angst davor Sean zu entdecken und konnte gleichzeitig keinen Muskel bewegen.

Dann geschah alles viel zu schnell. Die Lichter gingen aus und die Musik, die zwei Sekunden davor noch aus vollen Röhren erklungen war und einem einen Gehörsturz verpassen hätte können, war verstummt. Stattdessen erfühlten ängstliches Geflüster und tobende Schreie die Menschenmenge. Josie gab sich einen Ruck und drückte die Toilettentüre schwungvoll auf, sodass der Griff an der Innenseite ein Loch in die sich dahinter befindende Wand schlug. Gerade als sie in den Raum gehuscht war, von dem sie sich erhoffte, dass er ihr wie ein Sicherheitsraum Schutz bieten würde, erhaschte ihre feine Nase einen klitzekleinen Hauch eines nur allzu bekannten Duftes. Süß und lieblich, eisern und gefährlich. Blut. Sie roch es noch bevor sie die Schreie hörte.

Mit aller Macht versuchte sie zu widerstehen, sich davon abzuhalten, wieder rauszustürmen und jemandem in die Kehle zu beißen. Der Drang wurde stärker und stärker, sie musste sich schon an einem der porzellanenen Waschbecken abstützen. Sie konzentrierte sich auf ihre zitternden Hände, die den Waschbeckenrand nun fest umklammerten und versuchte sich so weit wie möglich zu beruhigen.

Sie sah auf und sah in den Spiegel. Doch Josie erkannte nicht wer oder was ihr da entgegenstarrte. Ein blasses, fratzenschneidendes Mädchen mit blutunterlaufenen Augen und langen Fangzähnen. Ihr Atem wurde wieder schneller, der Geruch des Blutes heftiger, sie stoß einen grotesken Schrei aus, bevor sie leise flüsterte „Ein letztes Mal."

Seit jener Nacht sind nun einige Jahre vergangen. Das Gebäude, in welchem der Klub sich befand, wurde erst kürzlich abgerissen und ein Lichtermeer erstreckte sich auf dem nun leeren Grundstück. Hunderte Kerzen sollen an das Massaker erinnern, welches sich hier ereignet hatte. Doch sonst zog es keine Menschenseele mehr in die einst so beliebte Gegend. Und noch heute erzählt man sich Geschichten von finsteren Gestalten, dem Duft nach Rosen und einem unmenschlichen Schrei, der des Nachts in den Gassen zu hören sei.

Devour

EINS

Mondlandung

Nach Jahre langer Planung ist es nun bald so weit. Die Menschheit oder was von ihr übrig geblieben ist, soll auf den Mond auswandern. Voller Anspannung sitzen die Brüder Sam und Jackson in ihrem kleinen Apartment vor ihrem noch kleineren Fernseher auf einer alten abgenutzten Couch. Beängstigt verfolgen sie die Nachrichten rund um den geplanten Auszug der menschlichen Rasse.

Noch weiß niemand so recht, wie das alles ablaufen soll. Für nächste Woche wurde der Start der Testgruppe angesetzt. Sie sollen herausfinden, inwiefern sich der Mensch psychisch an die Gesamtsituation anpassen muss. Laut Experten gäbe es nämlich keinerlei Bedenken, was die physische Gesundheit angeht. Immerhin habe man auf dem Trabanten Koppeln errichtet, die für Sauerstoff und Schwerkraft sorgen. Wie genau das alles funktioniert, wolle man dem Volk später einmal erklären, momentan allerdings liege der Fokus rein auf dem Wohlergehen der Überlebenden.

Vor einigen Jahren breitete sich ein Virus auf der Erde aus, der beinahe die gesamte Bevölkerung sowie Tierwelt vernichtete. Doch damit nicht genug. Die globale Erwärmung sorgte dafür, dass ein Großteil der Landmasse zu einer riesigen unbewohnbaren Wüste wurde. Nur in einigen Städten konnte man die Desertifikation noch aufhalten. Allerdings wusste man, dass dies keine Dauerlösung sein konnte. Deshalb fing man an zu studieren, erforschen, tüfteln. Und jetzt war es so weit. Der Mensch hatte den Mond zu einer Art Gewächshaus umgebaut und man würde bald dorthin auswandern.

Für die Brüder hieß dies nichts Gutes, denn sie waren keine Menschen. Sie waren Werwölfe. „Das wars, Sammy. Wir werden für immer geifernde Monster sein." Sam hörte seinem älteren Bruder nicht zu. Seine Augen waren starr auf den Fernsehapparat gerichtet. Natürlich wusste er um die Sorgen seines Bruders Bescheid, schließlich sprach Jackson seit Monaten von nichts anderem mehr. Er jedoch hatte andere Sorgen. Die Kraft des Mondes war schon auf der Erde kaum auszuhalten. Bei jeder Verwandlung brach es einem sämtliche Knochen, die Haut wurde aufs Übelste gedehnt und die Kopfschmerzen unter denen er litt, während sich seine gesamte Schädelstruktur veränderte, waren unbeschreiblich.

Als er sich zum ersten Mal in einen Werwolf verwandelt hatte, dachte er, das sei das Ende, jetzt explodiert sein Kopf. Nicht auszumalen, wie sich das erst am Mond anfühlen muss. Vor allem aber die Reise dorthin würde schon für

Schwierigkeiten sorgen. Zumal sie ja beide nicht wussten, ab wann die Verwandlung einsetzen würde. Angenommen, sie beginnt erst mit der Landung, würden sie vielleicht noch genug Zeit haben, um wegzulaufen, sich zu verstecken. Aber wenn sie bereits an Bord des Raumschiffes stattfindet, sind sie aufgeschmissen. Sie wären mit unzähligen Menschen eingesperrt. Vermutlich zu vielen, um sie alle umzuhacken. Sie wären zum ersten Mal in ihrem Leben nicht die Jäger, sondern die Gejagten. Schweißperlen rannen seine Stirn hinab. Er begann heftig zu schwitzen. Angst stieg in ihm auf, die Atmung wurde schneller und sein Herz schlug wie wild.

Jackson beobachtete seinen hyperventilierenden kleinen Bruder. Er wusste, woran Sammy dachte, denn Sammy malte sich immer leibhaftig das aus, was Jackson zu verdrängen versuchte. Das Wo und Wie. Wo verwandeln wir uns und wie sehr wird es dieses Mal schmerzen? Entgegen der allgemeinen Meinung gewöhnte man sich auch nach Jahren noch nicht daran. Jedes Mal tat es genauso weh, wie beim Mal zuvor. Es war schließlich ein Fluch und kein Segen. „Meinst du, wir können uns davor drücken?", fragte Sammy, als er schließlich aus seiner Vorstellung von dem, was sein würde, ins hier und jetzt zurückkehrte. Jackson sah ihn verblüfft an, bevor Sam anfing, sich zu erklären. „Wir sterben so oder so nicht wahr?

Wenn wir da hinauf gehen, sind wir Tod. Hackfleisch. Wenn wir hierbleiben, sterben wir auch, aber nicht so qualvoll.

Immerhin könnten wir uns doch einfach umbringen, bevor wir verhungern." „Ein ehrenvoller Tod, wahrlich Sammy, ein glorreicher Einfall", entgegnete Jackson und schnippte dem jüngeren mit dem Finger gegen die Stirn. „Erbsenhirn." Flüsterte er, bevor er aufstand und zum Schrank ging, aus dem er eine Konservendose mit irgendeinem ekeligen Fertiggericht nahm. Seit zwei Wochen war die Testgruppe schon auf dem Mond. Ihnen schien es zu gefallen und sie waren durchaus glücklich. War auch nicht wirklich anders zu erwarten, immerhin hatten sie am Mond die Chance auf ein neues, besseres Leben. Der Erfolg dieser Test-Phase ging allerdings Hand in Hand mit dem Ende des Lebens, wie sie es kannten, für die Brüder einher. Sam und Jackson wurden eines Morgens von einem lauten klopfen an ihrer Tür geweckt. Zwei in schwarzen Anzügen gekleidete Herrschaften instruierten sie dazu, nur das Nötigsten in kleine Rucksäcke zu packen und in den Bus zu steigen, man würde sie zum Raumschiff bringen.

Ohne jegliche Vorwarnung war es also an der Zeit, ihren neuen Heimatort aufzusuchen. Die Fahrt mit dem Bus kam ihnen wie eine halbe Ewigkeit vor. Eine halbe Ewigkeit, in der keiner von ihnen auch nur ein Wort sagte, während rundherum um sie die Menschen vor Nervosität, Vorfreude und Neugierde förmlich platzen.

Als das Boarding begann, fingen beide Brüder fürchterlich zu zittern an. Sam ergriff Jacksons Arm. Wenn die Busfahrt für die Brüder schon eine halbe Ewigkeit angedauert hatte, so musste sich diese Reise mindestens zehnmal so lange angefühlt haben. Je mehr sich das Raumschiff dem Trabanten näherte, desto schrecklicher wurden die Kopfschmerzen. Sammy wurde speiübel und Jackson war gegen jeglichen Lichteinfall so empfindlich geworden, dass er seine Augen nicht mehr öffnen konnte. Mindestens drei Tage litten die Brüder unter bestialischen Schmerzen. Sie beide wussten, dass dies nur der Anfang war, denn mit der Landung würde vermutlich erst die volle Verwandlung einsetzen.

Das Schiff landete mit einem kräftigen rütteln. Sam umklammerte wieder Jacksons Arm diesmal weniger aus Furcht, sondern vielmehr um seinen Bruder, der seine Augen noch immer nicht wirklich öffnen konnte, hinter sich her zu schleifen. Die Tür zur neuen Welt öffnete sich und beinahe alle Menschen an Bord drängten nach draußen. Neben dem Ausgang standen bewaffnete Beamte.

Sam wusste, dass obwohl das gemeine Volk von ihrer Existenz nichts ahnte, so waren Beamte, Wissenschaftler und hochrangige Politiker sich der Bedrohung bewusst. Das war einer der Gründe, warum die Patronen jeder Dienstwaffe aus purem Silber bestanden. Sobald sie einen Schritt hinauswagten und das Fell zu sprießen begann, waren sie so gut wie tot.

Er übte mehr Druck auf den Arm seines Bruders aus und stieß ihn in die bereits draußen stehende Menschenmasse, bevor er sich direkt zwischen diese und der Tür zum Raumschiff stellte. Ein stechender Schmerz durchfuhr ihn, die Schreie seines älteren Bruders vermischten sich mit seinen eigenen. Er bückte sich nach vor und man sah jede Einzelne seiner Wirbel aus seinem Rücken hervorstehen. Noch ehe die Verwandlung zu weit fortgeschritten war, um keinen menschlichen Laut mehr von sich geben zu können, schrie Sam seinen Bruder an „Lauf!"

Jackson hatte unterdessen die Augen wieder geöffnet. Doch ans Weglaufen dachte er gar nicht. Konnte er auch gar nicht denken. Die Schmerzen waren viel zu groß, größer als je zuvor, sein Körper gehorchte im nicht mehr. Seine Beine zu bewegen schien unmöglich. Und da geschah es. Ein Schuss fiel. Und Jackson sah seinen kleinen Bruder reglos zu Boden sacken. Die Menschen um ihn herum rannten quer durcheinander – das reinste Chaos brach aus. Und inmitten stand er. Seine Schmerzen waren plötzlich vergessen, mit Wut im Bauch und vollends verwandelt stürmte er knurrend auf den Mörder seines Bruders zu. Er wollte ihn rächen. Doch auch Jackson landete mit einer Kugel im Kopf am Boden neben Sam.

Anstatt den Wunsch seines Bruders zu erfüllen und zu rennen, damit wenigstens Jackson überlebt, nahm die Bestie in ihm überhand. Nun war wohl er das Erbsenhirn.

ZWEI

Kat

Meine ältere Schwester Katharina und ich lebten nun schon seit gut fünf Jahren bei unserer Großmutter Agnes am Rande der Stadt. Sie nahm uns nach dem tragischen Tod unserer Eltern bei sich auf. Unsere Eltern kamen eines Nachts nach einem Besuch bei Freunden von der rutschigen Fahrbahn ab, da laut Polizei ein Reh auf die Straße huschte und mit dem Wagen kollidierte.

An so manchen kalten, winterlichen Morgen wie diesem musste ich an jenen Tag zurückdenken, als die netten Beamten vor unserer Tür standen. Es klingelte, und Großmutter bat Kat, die Tür zu öffnen. Ich war gerade einmal 10 Jahre alt gewesen und versteckte mich hinter meiner drei Jahre älteren Schwester, als diese die Tür öffnete. Ich war zwar neugierig, wollte dann aber doch nicht direkt angestarrt werden. Da waren sie nun also. Zwei Polizisten in ihren dunkelblauen Uniformen, Arme hinter ihren Rücken verschränkt. „Hallo. Seid ihr Katharina und Anna-Lena Rottmayer?" Kat nickte. Die Beamten sahen sich an. „Ist denn jemand hier, der auf euch aufpasst?" Kat nickte erneut. „Oma!", schrie ich dicht an Katharina gedrückt dieser direkt ins Ohr. Sie zuckte leicht.

Wenig später saßen Kat und ich in unserem Zimmer und warteten darauf, dass Oma uns wieder zu sich ins Wohnzimmer holte. „Es wäre wohl das Beste, wenn wir kurz mit eurer Großmutter allein reden könnten", hatte der glatzköpfige Polizeibeamte gemeint. Minuten kamen uns vor wie Stunden, unser Zimmer schien kleiner als sonst. Irgendwie unbehaglich.

„Was glaubst du reden die?", fragte ich Kat. Sie gab keine Antwort. „Wo bleiben Mama und Papa nur so lange?" Auch diese Antwort blieb sie mir schuldig. Rückblickend glaube ich, ahnte Kat damals, was los war.

Ich schaute aus dem kleinen Fenster im oberen Stockwerk hinaus in Richtung Wald. Es schneite leicht und durch das undichte Fenster konnte ich die für diese Jahreszeit typische Kälte hereinblasen spüren. Kat war mit unserem Hund Bongo eine Runde spazieren gegangen, bevor wir drei gemeinsam Einkaufen gehen wollten. Ungeduldig stand ich also am Fenster und wartete.

Doch Kat kam nicht. Zunächst dachten wir, dass sie vielleicht einfach das Zeitgefühl verloren hatte. Immerhin nahm sie bei ihrem morgendlichen Spaziergang weder Handy noch Uhr mit. Sie und Bongo zogen einfach los. Nachdem sie allerdings bereits eine Stunde „überfällig" war, rief Großmutter die Polizei. Normalerweise würde diese nicht in

Windeseile herbeigestürmt kommen, doch gab es in letzter Zeit vermeintliche Sichtungen eines recht großen Wolfes und sie wollten auf Nummer sichergehen. Das Wort „vermeintlich" setzte man absichtlich vor das Wort „Sichtungen", um Panik zu vermeiden. Aber natürlich auch, weil es hier schon seit Jahren keine Wölfe mehr gab.

Nun standen wieder zwei Beamte vor unserer Tür. Wie damals. Großmutter bat sie herein und wir mussten ihnen detailliert beschreiben, was Katharina anhatte, als sie das Haus verließ und ob sie denn eine bestimmte Route Tag für Tag durch den Wald nahm.

Natürlich wussten wir nicht, ob sie einen der Wanderwege mit Bongo entlangmarschierte oder kreuz und quer durch den Wald stapfte. Ich fühlte mich elend. Ich war keine große Hilfe, und bei der geplanten Suchaktion durften „keine Zivilisten unnötig gefährdet werden".

Alles was Oma und ich also tun konnten, war im Wohnzimmer sitzen und hoffen, beten, abwarten. Abermals kamen mir Minuten wie Stunden vor. Ich zitterte und bangte, hielt Omas Hand fest in der meinen.

Stunden später eilte ein Beamter völlig außer Puste ins Wohnzimmer. „Wir haben sie! Es geht ihr allem Anschein nach gut. Bis auf ein paar kleine Kratzer ist sie wohlauf." Man brachte Kat kurz darauf zu uns ins Wohnzimmer. Sie war von oben bis unten mit Dreck beschmiert, ihre Kleidung hatte einige Löcher und Risse, aber sie hatte keine auffallenden Wunden oder Ähnliches. Obwohl ich schwören hätte können, dass ich an ihrer Wade getrocknetes Blut gesehen hatte.

Sie wirkte verstört, ihr Blick ging ins Leere und ihre Beine zitterten wie wild.

Da Kat kein Wort von sich gab, meinten die Beamten, dass es wohl am klügsten wäre, ihr etwas Ruhe zu gönnen. Sie würden am nächsten Tag wieder vorbeikommen, um Kat noch ein paar Fragen zu stellen. Von Bongo fehlte jede Spur.

Die Geschichte, die Kat den Beamten auftischte, klang für mich mehr als nur merkwürdig. Laut ihr habe sich Bongo plötzlich losgerissen und sei einem kleinen Nagetier hinterhergelaufen. Bei dem Versuch, Bongo einzuholen und zu fangen, ist sie angeblich einige Male hingefallen und habe sich schlussendlich verlaufen. Für die Polizei schien die Geschichte recht plausibel zu sein und sie hinterfragten sie nicht weiter.

Ich allerdings war skeptisch. Bongo würde sich nie und nimmer losreißen wegen irgendeinem Nagetier. Was ebenfalls nicht ganz in meinen Kopf wollte, war die Tatsache, dass Kat sich verlaufen haben soll. Sie ging nun seit vier Jahren tagtäglich mit Bongo in diesem Wald spazieren. Sie musste ihn doch schon einigermaßen gut kennen oder etwa nicht?

Bei meiner Großmutter stieß ich mit meinem Misstrauen gegenüber Katharinas Geschichte jedoch nicht gerade auf ein offenes Ohr. „Anna-Lena", fing sie an „du solltest dich glücklich schätzen, dass sie wieder heil hier bei uns ist. Was für einen Grund sollte Katharina denn haben uns anzulügen?"

Ich blieb still. Natürlich war ich glücklich, dass meine Schwester wieder hier war, und ich wusste auch keinen Grund, warum sie Lügen sollte, doch sie tat es. Und ich wollte wissen, wieso. Wollte wissen, was passiert war, dass sie uns nicht verraten wollte.

Auch Tage nach dem Verschwinden war Bongo noch nicht wieder nach Hause gekommen. Man hatte uns zwar versichert, dass unser Hund seinen Weg schon wieder heimfinden würde, aber bis jetzt war er noch immer in dem Wald. Kat schien das wenig zu bekümmern. Dabei war es doch sie, für die Bongo zu einem unersetzlichen Familienmitglied wurde, die bei Tag und Nacht bei Wind und Wetter immer mit ihm raus ging und dafür sorgte, dass es ihm an nichts fehlte.

Jedes Mal, wenn ich sie darauf ansprach, sie fragte, wie es ihr mit Bongos Verschwinden ging, blockte sie mich ab. Anfangs noch recht freundlich, doch nach einiger Zeit wurde sie kälter, gar aggressiv, wenn man sie auch nur schief anschaute.

Auch unserer Großmutter war ihr verändertes Verhalten aufgefallen, und sie gab nun zu, dass ich womöglich recht gehabt hatte mit meiner Vermutung. Omas Einsicht und Katharinas steigende Aggressivität gaben mir den nötigen Ansporn, meine eigenen Ermittlungen anzustellen.

Ich schlich mich also eines Morgens aus dem Haus und begab mich in den Wald. In einem kleinen Rucksack hatte ich etwas Proviant, mein Handy, eine knallrote Wollkugel und eine Schere. Die erste Viertelstunde hielt ich mich an die Wanderwege. Ich wollte so möglichst kontrolliert tiefer in den Wald gelangen, bevor ich mich von den Wegen verabschieden würde und quer feldein gehen würde. Die Wolle hatte ich eingepackt, um meinen Weg zu markieren. Ich schnitt kleine Stücke ab und brachte sie an Bäumen an.

Diese kleinen Spaziergänge wurden die nächsten paar Tage zu einer kleinen Gewohnheit. Jeden Tag nahm ich eine andersfarbige Wolle mit, um nicht durcheinander zu kommen und bahnte mir so meinen Weg durch den Wald.

Und eines Tages fand ich ihn. Bongo. Oder was von ihm übrig war. Seine kleine verwesende Hundeleiche lag geradewegs vor mir. Langsam näherte ich mich und war schockiert bei dem Anblick. Er war nicht verhungert, wie ich zunächst vermutet hatte. Das erkannte ich daran, dass einige seiner Knochen regelrecht zermalmt waren. Etwas hatte ihn getötet. Etwas Großes. Angst durchfuhr meinen Körper. Das, was Bongo zerfetzt hatte, könnte noch immer im Wald herumstreunen. Geistes gegenwärtig schoss ich noch einige Fotos, bevor ich mit Hilfe der Wollfäden, so schnell wie nur möglich aus dem Wald taumelte.

Zähneklappernd saß ich neben Großmutter auf der Couch. Ich hielt eine große Tasse heiße Schokolade in der Hand. Vor lauter zittern fing das Getränk an überzuschwappen, weswegen Oma es mir aus der Hand nahm und am Couchtisch platzierte. Ich hatte ihr die Bilder bereits gezeigt und wir beide wussten nichts mehr zu sagen. Kat hatte gelogen. Einen ganzen Monat hatte es gedauert, bis wir ihr auf die Schliche kamen und dennoch hatten wir keine Ahnung, was genau passiert war. Wir mussten sie konfrontieren. Oma riet mir, dies nicht sofort zu tun. Katharina sei in ihrem Zimmer und schlafe. Sie habe höllische Kopfschmerzen und auch sonst schien es ihr nicht gut zu gehen. Oma legte sich zu Bette mit den Worten „Reden wir morgen mit ihr".

Doch ich wollte nicht bis morgen warten. Es war schon spät geworden, als Kat endlich aus ihrem Zimmer kroch. Ich sprang auf und ging zu ihr. Da ich selbst außer mir vor Wut war, bemerkte ich nicht, wie sehr Kat keuchte. „Kat!" Schrie ich. Meine Hand griff nach Katharinas Schulter und gerade als meine Fingerspitzen diese leicht streiften, fuhr sie herum und ich wich von Angst ergriffen zurück.

Katharinas Gesicht glich einer hässlichen Fratze. Ihre Haut war gräulich und wirkte rau wie Sandpapier. Ihre Nase und ihr Kiefer waren unmenschlich nach vorne gezogen. Haare wucherten auf ihrem gesamten Körper.

Ihre abnorm gekrümmte Wirbelsäule gab widerliche Knackgeräusche von sich, so als würden ihr gerade sämtliche Knochen gebrochen werden.

Ich vergrößerte langsam die Distanz zu ihr, indem ich rückwärts weiter ins Wohnzimmer ging. Mit lautem, tiefem Grollen beobachtete Kat mich. Ihre gelblichen, katzenartigen Augen waren auf mich gerichtet. Große buschige Ohren entsprangen ihrem einst menschlichen Kopf. Sie öffnete ihr triefendes Maul und zum Vorschein kamen gewaltige Reißzähne.

All der Lärm hatte Großmutter Agnes geweckt und sie kam nun die Stufen hinter der Bestie, die einst Kat war, hinab. Nun ging alles sehr schnell. Als Großmutter die Kreatur auf ihren Hinterläufen stehend im Eingangsbereich des Hauses sah, erschrak sie und fiel rücklings auf die Stiege.

Die Kreatur zuckte ebenfalls zusammen, trat die Tür ein und rannte in die dunkle kalte Nacht hinaus.

Großmutter und ich konnten auch Monate danach noch nicht fassen, was in jener Nacht geschehen war. Der Polizei erzählten wir, es sei ein Einbrecher gewesen, den Oma wohl überrascht hatte.

Die Wolfssichtungen gingen in den kommenden Monaten rapide in die Höhe. In der Stadt war die Rede von einem Rudel. Mindestens fünf sollen es schon sein. Kat sahen wir nie wieder. Sie ist jetzt wohl eine von ihnen. Ein Lykanthrop.

DREI

Nachts im Museum

Alles war bis auf das kleinste Detail durchgeplant. Ich hatte mir für die kommenden Tage freigenommen und eine kleine Hütte in den Bergen gemietet. Unter keinen Umständen wollte ich bei Vollmond hier in der Stadt sein und vielleicht auch noch eine Schicht im Museum übernehmen müssen.

Seit Monaten hatte ich mir jedes Mal bei Vollmond eine andere Ausrede einfallen lassen, mir freigenommen oder meine Schichten getauscht, so gut es ging, um nicht unter Menschen zu sein, wenn ich mich verwandeln würde. Doch dieses Mal war mir das Glück nicht hold. Mein Chef rief mich am Montag kurz vor meiner Abreise völlig verzweifelt an und jammerte mir die Ohren voll, von wegen Joe sei krank und es sei niemand anderes erreichbar, oder sie seien alle unpässlich, was die Nachtschicht morgen betreffe. Nur ich würde noch infrage kommen. Ich wusste, dass mein Chef mich ohnehin schon auf dem Radar hatte, dank meiner ewigen „Nein hier kann ich nicht und da auch nicht". In meinem Kopf ratterte es. Ich dachte, dass ich eigentlich in einem sonst leeren, überall verriegelten Museum schon keinen Schaden anrichten könne. Notfalls blieb mir ja auch noch der Bunker unterhalb des

Museums, in dem ich mich einschließen könnte. „Herr Blümel, sie können sich auf mich verlassen. Ich mach die Nachtschicht." Mein Chef atmete erleichtert auf. „Wunderbar! Wunderbar! Die Kinder werden sich so freuen!" „Kinder? Welche Kinder?" Piep Piep Piep. Zu spät. Er hatte mich nicht mehr gehört und voller Enthusiasmus vermutlich schon den Hörer beiseite geworfen und vielleicht auch noch vergraben, denn auf meine folgenden Anrufe reagierte der ach so freundliche Herr nun nicht mehr.

Panik stieg in mir auf. Sämtliche meiner Nackenhärchen kräuselten sich. Die Nacht im Museum. Ich hatte unsere Schulaktion völlig vergessen. Sie wurde zwar beim letzten Mitarbeitertreffen wieder erwähnt, aber wozu zuhören, wenn man doch eigentlich in den Bergen sein sollte und der arbeitende Kollege voller Begeisterung hunderttausend Vorschläge macht, wie man die Nacht für die Kinder unvergesslich werden lassen könne. Unvergesslich. Das wird sie bestimmt.

Schon tagsüber fühlte ich mich nicht wohl. Die Kopfschmerzen, die ich ohnehin hatte, wurden bei dem Gedanken daran, dass ich mit dreißig oder vierzig zwölfjährigen in einem Museum mitten in der Stadt eingesperrt sein würde, nur noch schlimmer. Nervös stapfte ich nach einer Lösung suchend, in meinem Zimmer auf und ab. Doch mein Gehirn war momentan im Urlaub. Stattdessen sah ich einen Zeichentrick Käfig vor meinem inneren Auge. „Wir Tigern nicht wir Panthern. Wir Tigern nicht, wir Panthern."

Gott sei Dank klopfte es an meiner Tür und ich wurde aus dieser Endlosschleife an Gedanken befreit. Es war mein Mitbewohner Mike. Mike und ich wohnten schon ziemlich lange zusammen, doch als ich vor einigen Monaten diesen „Wanderunfall" hatte, konnte ich ihm die Wahrheit einfach nicht sagen. Generell hatte ich niemandem von meinem „Zustand" erzählt. Ich stand also ganz allein da. „Ich kann dich bis in die Küche herumrennen hören. Ist irgendetwas? Du wirkst nervös." Ich versuchte so gut es ging, ein Lächeln aufzusetzen und gab zu, dass mir diese nachts im Museum Geschichte etwas zu bedenken gab. „Das ist heute? Dann hast du ja ziemlich die Arschkarte gezogen. Aber um ganz ehrlich zu sein, glaub ich, dass auch ein so Kinderscheuer Mensch wie du, dass für wie viele Stunden? Vielleicht 10? Aushalten kann." Ich grinste leicht und nickte. Wer hätte gedacht, dass meine allgemein bekannte Abneigung gegenüber Kindern mir einmal helfen würde, mich nicht erklären zu müssen.

Die Stunden bis zu meiner Schicht vergingen wie im Flug. Ich war leicht angespannt, als ich meinen Kollegen ablöste, da mir noch immer keine Lösung für das Problem eingefallen war. Die Schüler und deren Lehrerin standen kurz vor regulärem Besuchsende wie aufgefädelt vor der Museumstür.

Der feine Herr Direktor scheute keine Mühen und wollte sie nach der Begrüßung höchst persönlich durch das Museum führen. Die Aktion brachte immerhin sicherlich positive Kritik und obendrein einen Haufen Geld für ihn und das Museum. Ich musste bei seiner feierlichen Ansprache neben ihm stehen und freundlich aussehen. Leichter gesagt als getan, wenn in deinem Inneren die Wut einer fellüberzogenen Bestie hochstieg wie heiße Lava in einem Vulkan. Ich atmete ein paar Mal tief ein und aus, versuchte die Kinder auszublenden und das Gelaber des Direktors so gut es ging zu ignorieren.

Als er nach einer halben Ewigkeit endlich fertig war, schloss er die Rede mit einem „und nun könnt ihr eure Sachen schon einmal in den Bunker bringen, denn dort werdet ihr heute Nacht schlafen. Der nette Nachtwächter wird euch den Weg dorthin zeigen und in zehn Minuten treffen wir uns dann alle wieder hier für die Schnitzeljagd."

Ich dachte kurz, dass ich mich verhört hatte. Die kleinen Kakerlaken die – meiner Meinung nach – nicht einmal hier sein sollten, schliefen jetzt auch noch in meiner einzigen Versteckmöglichkeit. In mir rumorte es. Mein Schädel pochte wie wild und mir war übel. Es würde nicht mehr allzu lange dauern, bis jeder der Anwesenden für mich wie ein leckerer kleiner Mitternachtssnack aussah. Nachdem ich die Gören in den Bunker geführt hatte, eilte ich zu Herrn Blümel. Ich wollte wissen, ob ich bei dieser Schnitzeljagd anwesend sein musste oder ob ich meinem Job als Nachtwache nachgehen konnte und meine üblichen Runden drehen sollte, während alle eifrig suchend das Museum auf den Kopf stellten.

Herr Blümel versicherte mir, dass ich ab sofort nichts mehr mit der ganzen Übernachtungsaktion zu tun hatte und sich mein Weg, mit dem der Kinder ganz bestimmt heute Nacht nicht mehr kreuzen würde. Ich war verblüfft, wie er sich da nur so sicher sein konnte. Ich nickte kurz mit dem Kopf und entschuldigte mich. Mir musste schnell etwas einfallen, damit ich niemanden gefährden würde. Der einzige Ort, an den sich niemand verirren würde, war vermutlich der Umkleideraum der Angestellten. Allerdings war die Tür schon recht alt und obendrein aus Holz – die hielt vermutlich nicht lange stand. Ein paar Mal dagegen laufen und sie würde garantiert zerbersten. Leider blieb mir jedoch nichts anderes übrig, nachdem der Bunker besetzt war.

Mir wurde heiß und kalt und meine Sicht war schon ganz verschwommen, als ich es gerade noch so in den Angestelltenbereich schaffte. Geistesgegenwärtig schloss ich die Tür hinter mir zu und schob einen ganzen Kabinenblock davor.

Meine Atmung wurde schneller, je stärker die Schmerzen wurden. Ich versuchte nicht zu schreien, um keine Aufmerksamkeit auf mich zu ziehen. Noch bevor die Verwandlung vollendet war, huschte ich in die angrenzende Mitarbeitertoilette und sperrte hinter mir zu.

Die Schnitzeljagd war unterdessen schon voll im Gange. Kinder sausten quer durch das ganze Museum. Jede Gruppe wollte die Erste sein, die das Rätsel des Direktors löste. Und wie es das Schicksal nun einmal wollte, war eine Gruppe näher dran als alle anderen. Die Schnitzeljagd war zwar so ausgelegt, dass sie eher im ersten Stock des Museums herum suchen mussten, doch sie würde ihr Ende im Erdgeschoss haben, bevor die Kinder in den Bunker gehen mussten, um zu schlafen.

Besagte Gruppe aus kleinen super Genies war bereits im Erdgeschoss angelangt. Es war recht dunkeln und die überaus neugierigen Kinder teilten sich in zwei Zweierteams auf. Eine Gruppe würde den rechten Museumsflügel absuchen, die andere den linken.

Einige Minuten vergingen, bis die Kinder, die links gegangen waren, ein Pochen und Wimmern vernehmen konnten. Es hörte sich an wie ein Hund, dachten sie, bevor sie langsam mit ihrer Taschenlampe in der Hand nach der Quelle des Geräusches Ausschau hielten. War das etwas die große Überraschung am Ende der Schnitzeljagd? Ein Hund? Sie bahnten sich ihren Weg durch schier endlos erscheinende Korridore, bis sie schließlich eine Tür fanden, hinter der Licht brannte. Offenbar war der Hund in dem Raum eingeschlossen. Je näher die Kinder kamen, desto lauter wimmerte der Hund. Die Kinder standen nun direkt vor der Tür, als eines der beiden die Hand nach dem Griff ausstreckte. Doch noch bevor es diesen berührte, knurrte das Tier plötzlich auf und die Kinder hörten einen lauten Aufprall gegen etwas Metallisches.

Sie wussten es noch nicht, aber die Kabinen, die der Nachtwächter zuvor vor die Tür gestellt hatte, wurden von der Bestie nun Schritt für Schritt beiseitegestoßen. Nicht mehr lange und die Tür würde das Einzige sein, was die hungrige Kreatur von den Schülern trennte.

Erschrocken wichen die Kinder zurück und sahen sich an. Langsam kam ihnen das Ganze hier merkwürdig vor. Sie drehten sich um und fingen an wegzugehen. Zuerst noch im normalen Tempo, dann schneller und schneller. Aus heiterem Himmel jaulte etwas auf, ein Knall, gefolgt von einem widerlichen Knacken einer alten Holzplatte. Die Bestie war ausgebrochen. Die Schüler hatten sich nicht umgedreht, sondern fingen stattdessen an, um ihr Leben zu rennen. Ihre Schreie hallten durchs gesamte Museum. Jeder war sofort gewarnt und wusste, dass etwas geschehen war. Der Direktor und die Lehrerin sammelten sofort alle Kinder im ersten Stock ein. Noch bevor der Direktor die Lichter des Museums voll aufdrehen konnte, schaltete eines der Kinder der zweiten Gruppe im Erdgeschoss irrtümlicherweise den Alarm an. Rote Warnlampen fingen an zu blinken und jedes Stockwerk wurde abgeriegelt. Man kam weder rein noch raus.

Die vier Schüler waren nun mit der Kreatur in der selben Etage eingeschlossen, doch nur zwei von ihnen wussten, was überhaupt los war. Zumindest dachten sie, sie wussten es. Sie würden später völlig aufgelöst der Polizei berichten, dass ein tollwütiger Köter sie die ganze Nacht lang verfolgt hätte.

Doch was die anderen Zwei die noch ahnungslosen kleinen Lämmchen betraf ..

Auf der Flucht und dicht verfolgt von dem Hund liefen die Kinder durch einen Irrgarten an Ausstellungsstücken. Vorbei an unzähligen Vitrinen und Schaukästen, bis hin zu großen hölzernen Kisten, die vermutlich noch ausgepackt hätten werden sollen. Ohne lange zu überlegen sprangen die Kinder in eine dieser Kisten, die mit Stroh ausgelegt war. Sie kontrollierten ihre Atmung und versuchten mucksmäuschenstill zu sein. Sie hatten Glück. Der beißende Geruch des Strohs überdeckte ihren von Angst gebadeten

Schweißgeruch gerade so lange, bis das Tier seine Aufmerksamkeit den anderen beiden Schülern widmete.

Stunden später kam ich total fertig nach Hause. Meine Kleidung war zerrissen und meine Haare zerzaust. Wieso ich so lädiert aussah, konnte ich den Beamten dank der Köter Geschichte zweier Kinder gut erklären. Ich hätte mit dem Vieh gerungen, bis ich es, nachdem ich den Alarm endlich ausgeschalten hatte, zur Hintertür rauswarf. Zufrieden waren die Polizisten mit meiner Tat zwar nicht, immerhin würde jetzt ein mordsgefährlicher Riesenköter die Stadt unsicher machen, aber wenigstens sei niemand verletzt worden. Das stimmt. Ich hatte es geschafft, die anderen beiden Schüler nicht anzurühren. Auch wenn es beinahe so weit gewesen wäre.

Ich stand bereits vor ihnen auf den Hinterläufen, Zähne gebleckt und wie wild sabbernd. Da nahm eines der Kinder den Feuerlöscher, an den es gerade gestoßen war, und sprühte mich von oben bis unten mit Schaum voll. Das tollwütige Tier Werwolf zu nennen in Kombination mit ihrer heroischen Schaumgeschichte spielte die Polizei als albernes Kindergeschwätz ab. Höchstwahrscheinlich hatten die beiden das Tier nicht einmal gesehen. Die Kameras waren auch keine wirkliche Hilfe, man sah das Tier meist nur kurz in irgendeiner Bildecke.

„Meine Güte, welche Laus ist dir denn über die Leber gelaufen? Sag bloß, die Kinder haben dich so zugerichtet" sagte mein Mitbewohner bei meinem Anblick spöttisch. Ich lächelte kurz. „Wenigstens habe ich niemanden umgebracht."

Mike runzelte die Stirn „Pff. Du sagst das ja glatt so, als wäre es schwer gewesen."

Drown

EINS

Ewiges Leben

An einer lauen Sommernacht im Jahre 1625, in einer längst versessenen Küstenstadt, spazierte eine verzweifelte junge Frau am Strand umher. Ihr hüftlanges dunkelbraunes Haar wehte leicht im Wind. Wie jede Nacht war sie auf dem weg zu den Felsen am Rande der Bucht und wie jede Nacht würde sie auch heute bis zum Morgengrauen auf besagtem Felsen stehen und die Rückkehr ihres geliebten Vaters erwarten.

Doch auch diese Nacht legte kein Schiff am Hafen an. Ihr Vater hätte schon vor Tagen wieder ankommen sollen. Langsam verloren sie und ihre Mutter die Hoffnung auf dessen Rückkehr und vermuteten das Schlimmste. Gesenkten Kopfes und mit den Gedanken bei ihrem Vater stieg sie behutsam vom Felsen herab und wollte geradewegs wieder nach Hause gehen. Wie aus heiterem Himmel jedoch vernahm sie ein lautes Ächzen und die Hilferufe einer Frau. Ohne lange zu überlegen rannte sie in Richtung der Stimme. Was sie dann vorfand, ließ ihren Atem stocken. Vor ihr, den Gezeiten der rauen Meere ausgesetzt, lag eine Frau vermutlich nicht viel älter als sie selbst. Langsam näherte sie sich der am Boden kauernden Frau. Diese trug ein weißes Nachtkleid, welches vom Wasser durchtränkt und infolgedessen durchsichtig geworden war. Die feuchten blonden Haare klebten an ihrem kreidebleichen Gesicht.

Um die offensichtlich verwirrte und sich in starken Schmerzen befindende Dame nicht zu sehr zu erschrecken, kniete sie sich behutsam vor sie hin und fing an, leise mit ihr zu sprechen. Auf die Frage, was ihr den zugestoßen sei und ob sie Hilfe brauchte, schnappte die Blonde nur tief nach Luft wie ein Fisch auf dem Trockenen. Da sie allmählich wohl selbst realisierte, dass sie kein Wort herauszubringen vermochte, zeigte sie nur auf ihren Bauch. Erst jetzt erkannte die ihr zu Hilfe eilende junge Frau, dass die Blonde hochschwanger war. Ihr war dies durch das noch nicht allzu starke Sonnenlicht der frühen Morgenstunde und dem Schock, eine nach Hilfe rufende Frau am Strande liegend vorzufinden, nicht sofort aufgefallen. Panik durchfuhr ihren Körper. Sie hatte keine Ahnung, wie sie der Blonden helfen könne, schließlich war sie noch nie bei einer Geburt anwesend gewesen. Verzweifelt starrte sie die Blonde an, bis sie plötzlich aufsprang und der Schwangeren versicherte, sie käme gleich wieder. Hektisch drehte sie sich um und rannte auf schnellstem Wege nach Hause, um ihre Mutter zu holen.

Wenig später kamen die beiden Frauen wieder an die Stelle zurück, an der die junge Frau die Schwangere vorfand. Diese lag noch immer dort, doch nun war sie dank voller

Erschöpfung kurz davor in Ohnmacht zu fallen. Die Mutter hatte schon viele Geburten miterlebt und wusste, was zu tun war. Sie befahl der Tochter, den Kopf der Blonden auf ihren Schoß zu legen und sicherzugehen, dass diese nicht das Bewusstsein verliert. Die Mutter selbst fungierte als Hebamme. Die Geburt war schon weiter fortgeschritten als die Mutter zunächst annahm, und nur eine Stunde später erblickte das Kind auch schon das Licht der Welt. In der zwischen Zeit fanden auch andere Stadtbewohner den Weg zu den drei Frauen und holten eilig einen fähigen Mediziner und einige starke Männer, welche die Frau vom Strand wegtragen sollten. Die Blonde war durch die Strapazen der Geburt sehr geschwächt und man wusste nicht, ob sie den Tag überhaupt überleben würde.

Trotz dieser schlimmen Prognose erholte sich die Blonde wieder. Sie wollte sogleich mit ihrer Helferin sprechen und ihr von tiefstem Herzen danken. „Du brauchst mir nicht zu danken, ich bin mir sicher, dass jeder, der dich gefunden hätte, dir genauso geholfen hätte", versicherte die Helferin, deren Name Mareike de Oude war. „Allerdings würde es mich sehr interessieren, warum du dort am Strande lagest anstatt in deinem Bette mit einer Hebamme oder einem Arzt, der dir beiseitestehen hätte können."

Die Blonde schwieg für einen Moment, bevor sie Mareike mit einem vagen Lächeln ansah. „Zu Hause hätte ich mein Kind nicht gebären können. Niemand hätte mir geholfen, da mir nicht zu helfen gewesen wäre." Die junge Frau verstand nicht, worauf die frischgebackene Mutter hinauswollte, und gerade als Mareike etwas sagen wollte, kam ihre Mutter bei der Türe herein und sprach stattdessen. „Sag Fremde, wie heißt du?" „Kalliphae" antwortete die Blonde nur Millisekunden später, während sie sich im Bett aufsetzte und den Blick nicht von Mareike abwandte. „Und dein Beiname?" Fragte Mareike irritiert. Die Blonde lächelte wieder nur. „Sie hat keinen Mareike. Nicht war Kalliphae?" Die mysteriöse Kalliphae nickte nur, bevor sie zu sprechen begann. „Das ist wahr. So etwas wie Beinamen kennt unser eins nicht, das ist ein kleines Phänomen der Menschen geblieben. Wir nennen uns auch untereinander selten bei Namen, wir haben ihn nur da eures Gleichen anscheinend auf so etwas besteht." Mareike war dank des „unser eins" und „eures gleichen" noch perplexer als zuvor. Kalliphae bemerkte dies und sprach Mareike direkt an: „Deine Mutter hat dir doch als du noch ein kleines Mädchen warst, bestimmt oft von uns erzählt, Mareike. Wassergeister von unendlicher Schönheit und Schläue. Ich bin das, was ihr als Nixe bezeichnet, und da du mir geholfen hast, bin ich dir zu dank verpflichtet und werde dich reich belohnen."

Wenn Mareike damals gewusst hätte, was diese Belohnung sein sollte, hätte sie vermutlich abgelehnt und sich lieber dem Zorn eines abgewiesenen Wassergeistes hingegeben, als die Belohnung anzunehmen. Doch sie war jung und naive gewesen. Kalliphaes Geschenk an Mareike bestand darin, sicherzustellen, dass die junge Frau die Welt sehen könne. Und zwar in all ihren Facetten, in all ihrer Pracht. Sie beschenkte Mareike mit der Langlebigkeit einer Nixe. Alles, was Mareike dafür tun müsse, sei, alle fünfundsechzig Jahre an den Strand zurückzukehren, an dem sie Kalliphae gefunden hatte und ein bestimmtes Lied bei Anbruch der Morgenstunde zu singen. Die Nixe sang Mareike das Lied einige Male vor, bevor sie mit ihrem Kind wieder in die Meere verschwand. Damals hielt Mareike die Belohnung für einen waren Segen, denn wer wünschte sich nicht zu sehen, was die Menschen noch für Wunder zu verbringen mochten. Doch nun, im Jahre 2020, empfand sie Abscheu gegenüber den Menschen. Alles Leid, welches sie in den letzten 395 Jahren verursachten hatten, konnte durch nichts aufgewogen werden.

Erfand man etwas Gutes, Nützliches, so erfand man Augenblicke später etwas so Abgrundschlechtes, dass das zuvor erfundene in Vergessenheit geriet. Die zufällige Entdeckung des Antibiotikums – sprich Penicillin, durch dessen Hilfe man Menschenleben retten konnte, wurde nur siebzehn Jahre später durch die Erfindung der Atombombe komplett in den Schatten gestellt. Es hieß also nicht mehr möglichst viele Leute am Leben erhalten, sondern möglichst viele umbringen.

Mareike stand nun zum sechsten Mal hier an jenem Strand, um ihr Liedchen zu trällern und wieder jung und schön zu werden. Um die weitere Zerstörung des Planeten und die Habgier der Menschen mitanzusehen. Sie sang aus vollem Leibe und wartete einige Minuten. Für gewöhnlich tauchte die Nixe binnen kürzester Zeit am Horizont auf.

Doch dem war diesmal nicht so. Abermals sang Mareike die Ode an die Nixe, doch auch dieser Ruf blieb unbeantwortet. Die Sonne stand bereits hoch am Himmel, als Mareike endlich einsah, dass Kalliphae nicht mehr erscheinen würde. Anstatt wieder als junge, schöne Frau nach Hause zurückzukehren, betrat sie als buckelige alte Dame ihre Wohnung. Sie ließ sich in ihr Fauteuil sinken und starrte auf ihren Fernsehapparat. „Wieso bist du nicht erschienen Kalliphae?" Flüsterte sie, bevor sie die Fernbedienung in die Hand nahm und die Nachrichten einschaltete. Das Erste, was man hörte war: „Großer Öltanker verlor Tonnen an Öl vor Küste in.." Mareike erstarrte. War das womöglich der Grund? Gespannt lauschte sie den Worten des Mannes im Apparat.

„Was Sie hier sehen sind live Bilder aus einem Helikopter vor Ort. Die Katastrophe ereignete sich in den frühen Morgenstunden und kostete vermutlich Tausenden von Meeresbewohnern ihr Leben." Mareike war außer sich. Nicht etwa, weil sie durch den Tod Kalliphaes nicht mehr „ewig" Leben würde, vielmehr weil die Rücksichtslosigkeit, Gier und Ignoranz der Menschheit alles Schöne auf Erden zerstört. „Wir roden Wälder und nehmen Tieren ihren Lebensraum, verschmutzen die Luft und die Meere ohne jegliche Art von Schamgefühl. Wie lange wird es noch dauern, bis der Mensch einsieht, dass er, wenn er alles Leben auf dem Planeten ausrottet, auch sich selbst dabei umbringt? Wann wachen wir auf aus unserem narzisstischen Tagtraum und realisieren, dass selbst etwas so „großartiges" wie der Mensch ohne einen prächtigen Planeten wie unsere Erde nicht lebensfähig ist?"

ZWEI

Der Fang seines Lebens

Heute Morgen, als er mit seinem kleinen Schifferboot den Hafen verließ, nahm er noch an, dass es ein schlechter Tag zum Fischen wäre. Er wollte sich die Mühe schon gar nicht machen, überhaupt aufzustehen. Doch dann dachte er an seine Familie. Er musste sie ernähren können und ohne zu arbeiten, würde er das nicht schaffen. Auch nur ein einziger Tag, an dem er faul zu Hause herum liegen würde, wäre fatal für seine Geldbörse. Sie kamen ohne hin mit seinem mickrigen Fischermannserlös kaum über die Runden. Es müsste schon ein kleines Wunder geschehen, damit sie auch nur eine Nacht nicht hungrig zu Bett gehen mussten.

Er war bereits weit draußen auf hoher See angelangt, als ihn plötzlich Schuldgefühle überkamen. Seit Jahren hatte er schon nicht mehr daran gedacht, dass es seine Frau hätte besser haben können. Damals, als sie sich kennengelernt hatten, war sie verlobt mit einem wohlhabenden Mann. Der Kerl war beträchtlich älter und seine Frau war nur mit ihm liiert, weil es ihre Eltern arrangiert hatten. Sie liebte diesen Mann nicht und wollte ihn auch nicht heiraten. Die zwei begannen eine Affäre und seine Frau schlug eines Tages vor, dass sie miteinander durchbrennen sollten. Auch wenn er die Idee für sehr verlockend empfand, immerhin hatte er sich Hals über Kopf in die stürmische, temperamentvolle Brünette verliebt, versuchte er sie zunächst davon zu überzeugen, dass sie es mit dem Alten besser hatte. Er war ein armer Fischer und würde dies auch immer bleiben. Mit ihm hätte sie nie so ein prunkvolles Leben führen können, wie sie es jetzt tat. Doch sie ließ sich nicht umstimmen. Sie wollte den armen Fischers Jungen und die Chance auf echtes Glück. Zwanzig Jahre später hatten sie drei Kinder und nicht genug Geld oder Essen, etwas, dass ihr nie passiert wäre, hätten sie sich damals nicht kennen und lieben gelernt.

Er war bereits einige Stunden am Fischen und hatte noch nichts Überragendes gefangen, als sich ein Unwetter anbahnte. Er beschloss, seine Netze einzuholen und sich auf den Rückweg zu begeben, bevor er noch Schiffbruch erlitt. Zwei seiner drei Netze waren beinahe leer gewesen, doch das Dritte war schwer. Fast schon zu schwer, wenn man bedenkt, dass heute weiß Gott kein guter Tag war. Hoffnung machte sich in ihm breit. Vielleicht war dies der Fang seines Lebens gewesen. Vielleicht wurde er von Gott nun endlich für seine harte Arbeit belohnt. Er zog und zerrte an dem Netz, bis er es schließlich an Bord gehievt hatte. Zunächst sah er nur die gewaltige Schwanzflosse des Geschöpfs und dachte schon, er hätte einen

Delfin oder Ähnliches an Deck geholt. Blitzschnell griff er nach einer Harpune und wollte bereits auf das Wesen einstechen, da blickte er plötzlich in die Augen eines bärtigen Mannes mittleren Alters.

Der Fischer blinzelte einige Male, bevor er realisierte, was er gefangen hatte. Hier vor ihm in seinem Netz zappelnd lag ein Meermann. Der Legende nach waren diese Wassergeister von enormer Kraft, weshalb er nicht lange zögerte und der Kreatur die Harpune durch die Schulter trieb. Der Meermann schrie kurz auf und sah den Fischer mit hasserfülltem Blicke an. Ein kalter Schauer lief ihm über den Rücken. Was hat er nur getan? Hätte er nicht besser versuchen sollen, sich mit der Kreatur gut zu stellen, anstatt sie zu erzürnen? Er schüttelte den Kopf. Was dachte er da bloß für einen Blödsinn. Mit einem Meermann kann man sich nicht gut stellen, es waren abscheuliche Wesen der Tiefe, die Menschen verachteten. Das einzig Richtige, was er jetzt noch tun konnte, war, das Geschöpf wieder dorthin zurückzuwerfen, wo es herkam. „Es sei denn", murmelte der Fischer, ehe er den Meermann fesselte, knebelte und sich auf den Heimweg begab.

Was ihm am Boot noch wie eine Eingebung des Himmels vorkam, erwies sich nun als wesentlich schwierigere Aufgabe als vorerst angenommen. Er wollte den Meermann an einen im Wald gelegenen Teich verfrachten. Dort würde er dann als kleine Sensation immer einer Handvoll Dorfbewohnern gezeigt, gegen Geld versteht sich. Der Fischer würde reich werden und seine Kinder müssen nie wieder mit leerem Magen einschlafen. Zumindest war das der Plan.

Doch den Meermann zu besagtem Teich schleppen war beinahe unmöglich gewesen. Die Kreatur wand sich unermüdlich. Es kam ihr nicht in den Sinn, dem Fischer seine Aufgabe leicht zu machen. Bis zuletzt führte sie eine Art von Todestanz in dem Netz auf, wie man ihn sonst nur von Krokodilen kennt, die sich an ihrer Beute festgebissen hatten. Letzten Endes half ihm aber all seine Widerspenstigkeit nichts und der Fischer verfrachtete den Meermann in den kleinen, dreckigen, nach Fäkalien stinkenden Teich.

Das war vermutlich der Tropfen, der das Fass zum Überlaufen brachte für den sonst so stolzen Wassergeist. Nicht nur die Schande, dass es überhaupt so weit gekommen war, dass er von einem jämmerlichen Menschen gefangen worden war. Nein. Besagter Mensch fügte ihm auch noch Leid zu und warf ihn schlussendlich in dieses Drecksloch. Und obwohl das Geschöpf kochte vor Wut, schwieg es dennoch. Allerdings gelobte es sich Rache an diesem widerwärtigen Menschen zu üben. Auch der Fischer solle leiden und sich am besten vor Schmerzen den eigenen Tod herbeiwünschen.

Nach einigen Tagen, in denen immer wieder Menschen vom Fischer an den Teich geführt wurden und der Meermann ihnen gegen Bares präsentiert wurde, sprach dieser zum ersten Mal mit dem Fischer. „Du hast mich also des Geldes wegen in diesen Tümpel geworfen. Heureka! Die Menschheit ist noch viel verdorbener, als ich bisher angenommen hatte." Der Fischer sah das Wesen kurz an und antwortete verblüffend ehrlich: „Nicht des Geldes wegen aber meiner Familie zuliebe." Der Meermann grinste den Fischer schelmisch an „Familie also." Wochen waren nun schon vergangen. Die Schaulustigen kamen bereits von weit her und der Fischer war reicher denn je. Weder seiner Frau noch seinen Kindern hatte er die Wahrheit über seinen Fang gesagt. Er behauptete weiterhin, es handle sich um einen Delfin, der ihm ins Netz gegangen war. Und obwohl seine Frau die Gerüchte gehört hatte, wollte sie dennoch nichts hinterfragen. Für sie und die Kinder war gesorgt und dass war das Einzige, was zählte. Doch gerade die Kinder sahen das anderes. Als sie hörten, dass ihr eigener Vater ein Geschöpf der Tiefe, einen Meermann im Wald versteckt halten soll, wurden sie neugierig. Das älteste der Drei schlug vor, dem Vater hinterherzuspionieren. Es wollte sich bereits am nächsten Tag an diesen dranhängen und mit eigenen Augen sehen, was der Vater da Legendäres gefangen hatte. Gesagt getan. Es folgte dem Vater in den Wald bis zu dem Teich, und als dieser wieder verschwand, huschte es näher an den Teich, um einen genauen Blick auf das Wesen zu erhaschen.

Nachdem das älteste Kind nicht nach Hause zurückgekehrt war, wurde ein kleiner Suchtrupp ausgesandt. Vergebens, das Kind war verschwunden. Anstatt den Eltern zu erzählen, wohin ihr Geschwisterchen gegangen war, versuchte das mittlere Kind selbst herauszufinden, was geschehen war. Es folgte dem Vater also in den Wald. Dieser durfte schließlich seinen Job nicht vernachlässigen, der Suchtrupp hatte ihn ein halbes Vermögen gekostet. Auch das zweite Kind sah man nicht wieder. Das jüngste Kind war also nun allein. Und trotz aller Bemühungen der Mutter auf es achtzugeben, würde auch dieses Kind heimlich dem Vater folgen. Allerdings nicht ohne vorher einem Nachbarskind davon zu berichten und ihm die Aufgabe zu erteilen, falls es nicht wiederkehren sollte, seinen Eltern alles zu beichten.

Wie seine Geschwisterchen vor ihm kam auch dieses Kind nicht mehr nach Hause zurück. An seinem Wort festhaltend, ging das Nachbarskind zur Mutter der Verschollenen und schilderte dieser, was ihr Nachwuchs getan hatte. Voller Verzweiflung und wutentbrannt eilte die Frau zu ihrem Mann. Nachdem nun auch der Fischer die Geschichte gehört hatte, versprach er seiner Frau, sich um die Bestie zu kümmern und die Kinder heil wieder nach Hause zu bringen. Er dachte, dass der Meermann ihn wohl erpressen wollte. Das Leben seiner Kinder für seine eigene Freiheit oder so ähnlich. Er schnappte sich eine Harpune und rannte in den Wald.

Am Teich angekommen erwartete der Meermann den Fischer bereits. „Du siehst aber gar nicht gut aus, Mensch" spottete er beim Anblick des in Rage versetzten armen Schluckers. Mit der Hand die Harpune fest umgreifend, schrie der Fischer die Kreatur an: „Wo sind meine Kinder du Monster." Das Wesen starrte den Mann kurze Zeit an und zog dann eine grässliche Fratze – das Wesen selbst hätte es wohl als Lächeln bezeichnet. Noch bevor der Fischer etwas sagen konnte, hob das Geschöpf seine gewaltige Schwanzflosse hoch und zu Vorschein kamen drei kleine leblose Körper. Die ganze Zeit über hatte der Meermann diese unter Wasser gedrückt. Beim Anblick seiner toten Kinder ließ der Mann die Harpune fallen und sank zu Boden. Zu tief saß der Schock, um zu schreien oder zu weinen. Sein Mund war leicht geöffnet und sein Unterkiefer zitterte.

Aus seiner Nase fing an Rotz herauszurinnen. Plötzlich wurde die Harpune neben ihm weggezogen. Ruckartig drehte sich der Fischer um, gerade rechtzeitig, um mitansehen zu müssen, wie sich seine Frau damit selbst mitten ins Herz stach.

Sie war ihm genau wie deren Kinder zuvor gefolgt und bei dem Anblick der Leichen verließ sie offenbar jede Lust am Leben. Der Fischer war zu seiner inzwischen toten Frau gekrochen und hielt sie festumschlungen in seinen Armen. Unterdessen fing der Meermann lauthals an zu lachen. Es war ein geradezu groteskes Lachen, dass dem Fischer den Rest gab. Er zog die Harpune aus der Brust seiner Frau, stürzte sich auf die Bestie und stach aber und aber Mal auf sie ein, bis der Fischschwanz aufhörte, hilflos auf die Wasseroberfläche aufzuschlagen und auch noch darüber hinaus.

DREI

Ohne Worte

Die Geburtstagsfeier seines Freundes Pete war bereits im vollen Gange, als Oscar an dem schönen großen Haus von Petes Eltern ankam. Pete wurde heute 21 Jahre alt, und da er ein Topschüler und auch ansonst ein vorzeige Kind war, beschenkten ihn seine Eltern mit einem Partywochenende. Pete hatte das am Strand gelegene Haus für sich. Ganz nach dem Motto „Man ist nur einmal jung" wurde gesoffen, was das Zeug hält. Auch Oscar trank einige Bierchen zu viel, obwohl er heute Nacht noch nach Hause fahren musste. Momentan war ihm das aber herzlichst egal. Die Stimmung war gut und der Alkohol schmeckte ihm ausgezeichnet. Dass er dank seines viel zu hohen Alkoholpegels einige Stunden später fast sterben würde, konnte er ja noch nicht ahnen.

Es war bereits einige Stunden nach Mitternacht, so genau konnte Oscar die Uhrzeit an seiner Armbanduhr nicht mehr ablesen, alles war schon viel zu verschwommen. Aber er wusste, dass es schon spät war, also ging er schwankenden Schrittes mit den Schlüsseln in der Hand in Richtung des Autos. Er hatte sich den Wagen seines Vaters ausliehen dürfen, unter der Prämisse, nichts zu trinken.

Er hatte seinen Weg hinters Steuer mittlerweile halbwegs heil gefunden, nur einmal hatte er sich beim Einsteigen kurz den Kopf gestoßen, da rief im Pete noch aus dem Fenster im ersten Stock des Hauses nach, dass er doch einfach hierbleiben soll, er könne so nicht mehr Auto fahren. Mit einer leichten Handbewegung und einem für ihn selbst kaum hörbaren „Pfff" startete er den Wagen und düste in die Nacht hinein. Die Fahrbahn war ziemlich rutschig und selbst unter normalen Bedingungen hätte jeder Fahrer Angst gehabt, hier entlangzufahren, zumal die Straße kurvenreich war und direkt am Meer entlang verlief. Allerdings war Oscar angetrunken und wegen der Aussage seines Freundes eingeschnappt. „Ich nicht mehr fahren können? Lächerlich" brabbelte er vor sich hin. Er würde Pete schon zeigen, dass er durchaus noch im Stande war zu fahren. Das sein Freund nicht einmal anwesend war, um die Fahrkünste Oscars zu bestaunen, kümmerte den Betrunkenen nur wenig. Er drückte also aufs Gas und fuhr mit Ach und Krach in der nächsten Kurve in die Leitplanken hinein. Diese gaben, anstatt das Auto davon abzuhalten, ins Meer zu stürzen, nach und Oscar befand sich nun im freien Fall.

Die Klippe, die er hinabstürzte, war nicht allzu hoch und dennoch hatte Oscar das Gefühl, eine halbe Ewigkeit auf seinen sicheren Tod zu warten. Womit Oscar allerdings nicht rechnete, war, dass jemand seinen Sturz beobachtete und sich schon auf den Weg zu ihm machte, bevor das Auto auch nur das Meer berührt hatte.

Als er seine Augen mühevoll öffnete, dachte er zunächst, dass er Tod sei und dies der Beginn seines Lebens nach dem Tod sein musste. Jedoch setzten plötzlich fürchterliche Kopfschmerzen ein und einige seiner Glieder taten ihm höllisch weh. Er war also noch am Leben. Behutsam drehte er seinen Kopf nach links und nach rechts, um seine Umgebung zu inspizieren und gegebenenfalls seinen Standort zu lokalisieren. Oscar wusste nicht sofort, wo er war, bis er den Leuchtturm am Rande seines Blickfeldes wahrnahm. Er lag vermutlich am Strand der kleinen Insel, etwas entfernt vom Festland.

Hatte dieser betrunkene Narr womöglich so viel Glück gehabt, dass er, bevor er ertrunken ist, noch an Land gespült wurde? Aber nicht doch. Oscar setzte sich allmählich auf, und als er seinen Blick vom sandigen Boden in Richtung Klippe anhob, sah er sie. Direkt vor ihm im Wasser war eine Gestalt zu erkennen. Vorsichtig näherte sie sich Oscar, und je näher sie ihm kam, desto deutlicher vernahm er ihr Erscheinungsbild. Sie hatte strahlend weißes Haar, stechend grüne Augen und eine kleine Stupsnase über vollen blutroten Lippen. Ihr Teint war so weiß wie ihr Haar und sie strahlte förmlich in dem verwunschenen Licht des Mondes. Von ihrem Anblick verzaubert versuchte Oscar aufzustehen und ihr entgegenzukommen, doch da wich sie zurück. Der junge Mann hob langsam seine Hände und beteuerte ihr, dass er ihr nichts Böses wolle, bevor er sich wieder am Strand niederließ. Die schöne Frau blieb, sobald sie eine gewisse Nähe zu Oscar erreicht hatte, stehen und sah ihn nur an.

„Hast du mich hierhergebracht?" Fragte er. Sie nickte bloß. Oscar lächelte. „Ich danke dir vielmals. Darf ich erfahren, wie du heißt?" Der Gesichtsausdruck der jungen Frau änderte sich drastisch, und von einer Sekunde zu anderen sah sie verzweifelt aus. Sie senkte ihren Blick und sah ihre Reflexion im Wasser an. Abrupt hob sie ihren Kopf und öffnete ihren Mund. Es wirkte beinahe so, als wolle sie etwas sagen, doch es kam kein Ton aus ihr. Sie versuchte es noch einige Male, aber nie gelang es ihr. Sie seufzte und sah Oscar entmutigt an. Da kam ihm die Idee, dass sie ihren Namen in den Sand schreiben könnte. Die junge Frau wirkte anfangs etwas skeptisch, doch Oscars freundliches Lächeln stimmte sie um. Sie begab sich nun also näher an den Strand, um ihren Namen in den Sand zu malen. Da sah Oscar zum ersten Mal ihren Körper vom Bauchnabel abwärts. Sie war halb Mensch, halb Fisch. Er wollte nicht, dass sie bemerkt, wie irritiert er war und sah deshalb auf die Stelle des Strandes, in die sie gerade ihren

Namen geschrieben hatte. „Octavia" las er laut vor. Lächelnd sah ihn die junge Frau an. „Ich danke dir nochmals vom ganzen Herzen, Octavia." Er machte eine kleine Pause, bevor er sie fragte, ob sie eine Meerjungfrau sei. Noch ehe sie ihm eine Antwort in den Sand malen konnte, bemerkten sie plötzlich Lichter eines Bootes, welches auf sie zukam. Octavia huschte zurück ins Wasser und fort war sie.

Als man Oscar wenig später im Krankenhaus befragte, was geschehen sei, gab er an, die Kontrolle über den Wagen verloren zu haben und dass er vermutlich Glück hatte und wohl an die Insel geschwemmt worden war. Da seine Verletzungen nicht wirklich gravierend waren, entließ man ihn wenig später auch schon wieder aus dem Krankenhaus. In den darauffolgenden Tagen ging ihm das schöne Meeresgeschöpf nicht aus seinem Kopf und er fuhr wieder und wieder ans Meer, in der Hoffnung, sie sehen zu können. Schlussendlich war die Trauer Octavia vielleicht nie wieder zu sehen, obwohl ihr Kennenlernen nur von kurzer Dauer war, so groß, dass Oscar beschloss, sich sein Leben zu nehmen. Dies geschah natürlich nicht ohne jeglichen Hintergedanken, denn er spekulierte, dass wenn er dieselbe Klippe hinunterspringen würde, die er in jener Nacht bereits herunterfiel, Octavia ihn wieder retten würde.

Als er seine Augen abermals mühevoll öffnete, lag er wieder an exakt derselben Stelle wie bereits Wochen zuvor. Doch dieses Mal saß Octavia neben ihm im Sand und sah ihn verärgert an. Oscar hingegen konnte nicht anders, als sie anzulächeln und sie zu umarmen. Octavia drückte den überglücklichen jungen Mann leicht von sich weg und deutete auf eine Stelle über ihnen im Sand. Dort stand geschrieben: „Wieso springst du jetzt schon freiwillig von Klippen runter? Du hättest sterben können, ist dir das überhaupt bewusst?" Oscar nickte und sah Octavia tief in die Augen, bevor er ihr erklärte, dass er keine andere Möglichkeit sah, um sie wieder zu sehen. Beschämt sah die Meeresgestalt nun zu Boden. Sie drehte sich in Richtung des Sandes, um dort hineinzuschreiben. „Du hast mich bei unserem letzten Treffen gefragt, ob ich eine Meerjungfrau sei. Nein, das bin ich nicht. Ich bin eine Sirene. Allerdings empfand man, dass ich ein zu nettes Gemüt euch Menschen gegenüber habe und entzog mir meine Gabe zu sprechen. Wozu braucht eine Sirene auch ihren lieblichen Gesang, wenn sie damit keine Beute anlocken will." Oscar las während sie schrieb mit und war schockiert und zutiefst traurig über den Inhalt ihres Textes. Sie kann also nicht sprechen, weil sie niemanden töten will? Ein irrwitziger Gedanke. Oscar nahm Octavias Hand in die seine und drückte sie leicht. Er versprach ihr von nun an jeden Abend hierher zu kommen, um ihr Gesellschaft zu leisten, und wer weiß, vielleicht könne er anfangen, im Leuchtturm zu arbeiten. Dann würden sie, solange er lebe, jede Nacht über alles Mögliche sprechen können. Man sah der Sirene an, dass sie seit Langem nichts derartige Nettes mehr gehört hatte. Eifrig nickend fiel sie Oscar um den Hals und fing an, Tränen der Freude zu weinen.

Memories of the Otherworld

Band 2

Wraith

EINS

Prachtvolle Perlen

Der Umzugswagen fuhr gerade die lange Einfahrt zum neuen Anwesen der Familie Fraser hoch. Das stählerne, verschnörkelte Tor der Einfahrt war offen gestanden, was so viel bedeutete wie der Makler war vor ihnen hier gewesen. Sie hatten das Herrenhaus relativ günstig über eine online Auktion erworben und hatten mit dem Verkäufer ausgemacht, dass die Schlüsselübergabe persönlich am Tag des Einzuges stattfinden solle. Für gewöhnlich handhabe er es nämlich so, dass er den Schlüssel im Briefkasten hinterlege, hatte der Herr noch gesagt.

Die Familie begutachtete mit größter Aufmerksamkeit die herrliche, in voller Blüte stehende Einfahrt. Links und rechts waren bunte Sträucher gepflanzt worden, und die rote Kiesauffahrt lag in einem schönen Kontrast zu dem Grün der Pflanzen und der weißen Fassade der Villa. Der Wagen blieb vor der großen Eingangstür mit den prachtvollen Barocksäulen stehen und Lewis Fraser stieg aus. Er öffnete die Beifahrertür und lies seine Frau Maggie aussteigen. Kurz nachdem Maggie ausgestiegen war, wurde die Schiebetür hinter ihr schwungvoll aufgestoßen und ihre zwei Kinder sprangen förmlich aus dem Wagen. Staunend standen sie vor dem Anwesen und warteten darauf, endlich die Erlaubnis der Eltern zu bekommen, sich in das Haus stürzen zu dürfen. Doch bevor auch nur eines der Elternteile irgendetwas sagen konnte, öffnete sich die Tür und ein älterer, sehr gebrechlich wirkender Mann mit ein paar vereinzelten Haarbüscheln, stand im Türrahmen. Er trug einen etwas altmodisch wirkenden Anzug, der mit Sicherheit schon bessere Jahre gesehen hatte. Er warf den Frasers ein freundliches Lächeln zu und bat sie mit eindringlicher Stimme ins Haus einzutreten. Das ließen sich die Kinder nicht zweimal sagen. Flinken Schrittes eilten sie in das Foyer und fingen voller Neugierde an, ihr neues Domizil zu begutachten. Die Erwachsenen schüttelten sich zur Begrüßung noch schnell die Hände, eh die Frau sich in der Deckenmalerei des Eingangsbereiches verlor. Mit ihrer kindlichen Begeisterung für das kleine Kunstwerk und ihren vor Freude glänzenden Augen brachte sie ihren Mann zum Schmunzeln. Er wusste nun endgültig, dass es eine gute Entscheidung gewesen war, das alte Anwesen zu kaufen. Seine Familie war bereits in allen Ecken des Hauses verschwunden, während er noch mit dem Verkäufer sprach.

Der Alte erzählte ihm noch einiges vom Haus, kleine Eigenheiten, wie er sie nannte. Laut ihm hatte jedes alte Haus solche Macken, aber diese verliehen ihm erst seinen ganz eigenen Charme, meinte er und wirkte dabei etwas verunsichert. Es machte den Anschein, als wolle er auf etwas hinaus, aber Herr Fraser wusste nicht so recht, wie er das Gesagte des Alten deuten solle. Seine Frau kam nach einem vollendeten Rundgang des Erdgeschosses zurück und verkündete feierlich, dass sie schon Ideen habe, wie man den Eingangsbereich und den daran angrenzenden Wohnbereich um zu dekorieren habe, um das Ganze etwas heimeliger, nicht gar so kalt und abweisend wirken zu lassen. „Das alte Sofa und der grässliche Lesestuhl müssen auf jeden Fall weg und mit etwas Modernerem ersetzt werden." Der Makler erschrak hörbar. Er schnappte nämlich kurz nach Luft und begann dann vollkommen aufgelöst zu sprechen. Er sprach mit solch Windeseile, dass er buchstäblich über seine eigene Zunge stolperte während er versuchte zu erklären, dass es kein guter Einfall sei, das Erdgeschoss auch nur in irgendeiner Weise zu verändern. Lewis und Maggie Fraser runzelten kurz die Stirn. Sie haben das Haus erworben, wieso sollten sie es nicht nach ihrem Belieben umgestalten dürfen? Der Verkäufer schüttelte leicht den Kopf und bat um Verzeihung, er wollte ihnen keineswegs hineinreden, allenfalls einen wohlwollenden Rat geben. Bei diesen Worten sah sich das Ehepaar an, als wollten sie beide etwas sagen, doch wussten, dass es falsch herauskommen würde. Als sie sich wieder dem Alten zuwenden wollten, war dieser bereits verschwunden.

Ein kurzer Schauer überfiel die beiden, doch sie wurden durch ihre die Treppe hinablaufenden Kinder abgelenkt. „Mama! Papa! Ratet mal, was wir gefunden haben!" Überrascht sahen die Eltern ihre Kinder an und hakten mit der für Eltern typischen interessiert und zugleich erstaunten Stimmlage nach. „Na was habt ihr denn entdeckt?"

Wenig später standen die vier in einem der früheren Schlafgemächer. Die Mutter glaubte zu erkennen, dass es das Zimmer der verstorbenen Hausherrin gewesen war. Es war ein großer Raum mit einem darin klein wirkenden Himmelbett, welches aus feinster Eiche handgefertigt worden war, hatte zumindest der Alte ihrem Mann erzählt.

Im Allgemeinen war das gesamte Zimmer mit weißen Möbeln eingerichtet. Sämtlicher Stoff war in einem tiefen Violet gehalten und der Boden war dunkles Ebenholz. Es wirkte sehr edel und dennoch bedrückend. Die Kinder eilten zu der Ankleiden, wo sie ein Brett aus einer der untersten Laden anhoben, um den Eltern zu zeigen, dass darunter ein kleiner Schatz verborgen war. Tatsächlich wurde, als man die persönlichen Sachen der alten Dame ausräumte, wohl dieses geheime Fach übersehen, und so waren die Frasers nun im Besitz einer wunderschönen Perlenkette.

Maggie war sofort hellauf begeistert. Sie nahm die Kette aus dem mit Samt ausgelegten Fach und bat ihren Mann, sie ihr anzulegen. Sobald sie merkte, dass sich die Finger ihres Mannes von ihrem Halse entfernten, sprang sie auf und hastete zum nahegelegensten Spiegel. Bereits Sekunden nachdem sie in den Spiegel geblickt hatte, war sie wie gebannt. Die Kette sah atemberaubend schön an ihrem Hals aus. Sie war nicht zu lang aber auch nicht zu kurz und schmiegte sich an ihren zarten Hals an wie ein kleines Kätzchen. Da die Perlenkette nicht aufdringlich wirkte und Maggies Meinung nach auch einfach zu legerer Kleidung getragen werden konnte, nahm sie sie nicht mehr ab. Sie trug die Kette von nun an immerzu. Doch schon bald änderte sich etwas an Maggies verhalten. Zunächst waren es nur Kleinigkeiten, die beinahe schon belanglos wirkten. Wie ihr neues Hobby. Sie hatte angefangen zu stricken. Was ja an sich nichts Ungewöhnliches gewesen wäre, doch saß sie dabei allzu gerne in dem ausrangierten Lesesessel im Wohnbereich. Sobald sie in dem Sessel platz nahm, musste alles mucksmäuschenstill sein. Die Kinder mussten auf ihren Zimmern sein, man durfte sie nicht bis nach unten in das Wohnzimmer hören und wenn Lewis ihr etwas aus der Zeitung vorlesen wollte, was er für interessant oder schlichtweg eine Frechheit empfand, so fuhr sie ihn an. Er würde sie aus ihrem Konzept bringen, so verliere sie noch die Masche. Also blieb er still auf der alten Couch sitzen und las leise seine Zeitung. Nach einiger Zeit verbannte Maggie ihn allerdings völlig aus dem Wohnbereich, sobald sie zu stricken begann. Das ewige Rascheln der Zeitung würde sie nerven. Ohne jegliche Einwende zog ihr Ehemann sich von nun an in die Küche zurück, wo er auf einem der ungemütlichen Barhocker saß.

Einige Wochen waren bereits vergangen, die Kinder zogen sich immer mehr in den oberen Teil des Hauses zurück. Ihnen wurde es im Erdgeschoss zu gruselig. Sie waren der Meinung, dass es in dem Haus spuken muss. Eines Abends beim zu Bett gehen, erzählte die jüngere Tochter ihrem Vater eines der Bilder im Flur vor der Küche würde sie beobachten, wenn sie des Nachts Durst hatte. Der Vater glaubte natürlich nicht an solchen Humbug, spielte aber dennoch mit und stellte der Tochter, damit sie nicht in die Küche gehen musste, einen Krug Wasser und ein Glas auf den Nachttisch. Er selbst bemerkte aber auch alsbald, dass etwas nicht mit rechten Dingen zu ging in dem Haus. Als er eines Morgens im Wohnbereich die Möbel verrückte, um sie besser abtransportieren lassen zu können, hatte er den Couchtisch gerade einen Meter weit verschoben gehabt, sich kurz umgedreht, und als er sich wieder in

Richtung des Tisches wand, stand dieser wieder an seinem alten Platz. Dies geschah noch einige Male, ehe er beschloss, es gut sein zu lassen. Die Möbel würden in einigen Stunden abgeholt werden und die neue Wohnzimmereinrichtung, die seine Frau am Tag des Einzuges vorgesehen hatte, würde geliefert werden.

Als seine Frau von ihrem nachmittäglichen Spaziergang zurück kam, wollte er sie gerade begrüßen gehen, als er sie wie angewurzelt im Eingangsbereich des Wohnraumes vorfand. Ihr Gesicht war ganz blass und der Mund stand leicht geöffnet. Er nannte ihren Namen. Keine Reaktion. Wieder und wieder sprach Lewis sie an, doch Minuten vergingen, bis sie ihn registrierte. Als sie dies tat, wart ihr Gesicht von so einer Hässlichkeit, dass Lewis seine eigene Frau kaum erkannte. In ihren Augen spiegelte sich purer Hass wieder, ihre Stimme wurde ganz tief und ihre Hände wurden zu Fäusten. Hysterisch schrie sie ihn an: „Was hast du mit meinem Wohnzimmer gemacht?! Wo sind all meine Möbel?! Du Untier!" Mit einem Satz sprang ihn seine einst so geliebte und sanftmütige Frau an die Gurgel. Sie packte ihn und beide Hände schlangen sich mit solch einer Kraft um seinen Hals dass ihm die Luft abgedrückt wurde. Sie rüttelte ihn und schüttelte ihn als würde sie mit bloßen Händen einem Huhn den Garaus machen wollen. Er versuchte zu sprechen doch kein Wort kam über seine Lippen, allenfalls ein röcheln konnte man hören. Wären nicht in diesem Moment seine beiden Kinder die Treppe hinabgelaufen gekommen und hätten nicht Maggies Aufmerksamkeit auf dich gezogen, es wäre vorbei gewesen mit ihm. Doch in dem Bruchteil einer Sekunde, die er damit gewonnen hatte, vermochte er es sich ihren Fängen zu befreien. Gerade so schafft er es zu seinen Kindern zu gelangen, hob beide mit allerletzter Kraft auf und rannte schnurstracks aus dem Haus.

Erst einige Meter weit von der Eingangstür weg, ließ er die beiden wieder hinab und sackte selbst zu Boden. Kaum konnte er ein bisschen Luft schnappen, schrie eines der Kinder auf. Ruckartig sah er sich nach dem Haus um. Angst durchfuhr ihn, als er sah, was gerade geschah. Das Haus fing an, lichterloh zu brennen. Feuer und Rauch stiegen aus dem Wohnbereich im vorderen Teil des Hauses auf und in rasender Geschwindigkeit stand das gesamte Anwesen in Flammen. Verzweiflung und Trauer machten sich in ihm breit, als er dort am Boden kauerte und dabei zusehen musste, wie seine Frau bei lebendigem Leibe verbrannte.

Nachdem die Feuerwehr den Ort des Geschehens bereits verlassen hatte, streifte der vor kurzer Zeit noch so glückliche Mann durch die Aschen des Hauses. Er konnte nicht fassen, was geschehen war, versuchte die aufkommenden Bilder dieser so grausamen Szene zu vergessen. Doch vergebens. Wieder und wieder schwappten sie hoch, überfluteten sein Gehirn wie eine gigantische Welle des Schreckens und verursachten in ihm ein emotionales Chaos. Entsetzen, Einsamkeit, Zweifel und zu guter Letzt Verdrängung des Erlebten brodelte in ihm hoch. Gerade als die ersten Tränen aus seinen Augen kullerten, sah er es. Es glitzerte, glänzte, funkelte förmlich. Was ihn da so schimmernd anlachte, war die Perlenkette.

Tränen des Glücks stiegen in ihm hoch. Seine Frau hatte diese Kette in so kurzer Zeit zu Lieben gelernt, und sie war als einziges Andenken an sie übrig geblieben. War nicht in dem Flammenmeer ertrunken und für immer verloren gewesen, so wie der Rest ihres Hab und Guts. Langsam und zögerlich schritt er durch abgebranntes Holz, wühlte mit seinen Füßen Schritt für Schritt die Asche auf, bis er endlich bei ihr war. Behutsam hob er das edle Schmuckstück auf und pustete vorsichtig die sich darauf befindende Asche weg.

Er würde es einem seiner Kinder vermachen, das stand fest.

ZWEI

Erlösung

Es sollte der schönste Tag meines Lebens werden. Ich hatte alles minutiös geplant. Jedes noch so kleine Detail sah ich bereits ganz genau vor meinen Augen. Mein Leben schien perfekt zu sein. Ich hatte einen Mann, der mich von ganzem Herzen liebt, eine nach dem Tod meiner Mutter, beinahe kitschig eng zusammen gewachsene Familie und einen großartigen Vater, welcher immer für mich da war und mich in all meinen Vorhaben unterstützte, so gut es ihm möglich war.

Bereits vor einem Jahr sagte ich das magische, alles verändernde Wort, welches mich auf ewig an den Mann meiner Träume binden würde. Bis das der Tod uns scheidet. Doch dieser Tag kam viel zu früh.

Die Hochzeit sollte in der kleinen weißen Kirche im gotischen Stil am Rande der Stadt abgehalten werden. Es war Juni, die perfekte Jahreszeit für eine Hochzeit im Freien. Der kirchliche Garten erblühte in den üppigsten rosa Tönen, die das menschliche Auge je gesehen hatte. Überall standen weiße Stühle, welche mit kleinen Blume verziert waren. Bei jedem zarten Windhauch wehten die Äste der Bäume mit und ein liebliches Rascheln entstand. In dem überschaubaren Teich, nur wenige Meter von dem Traubogen entfernt, schwamm eine Ente mit ihren von Flaum bedeckten Küken.

Es war alles so, wie ich es mir vorstellte. Als ich erneut in mein Kleid schlüpfte, welches ich zuletzt bei der Anprobe im Salon trug, spürte ich seinen weichen Stoff, der leicht und elegant meinen Körper hinabfloß. Ich beträufelte es dezent mit dem eigens für diesen Anlass gekauften Parfum. Der mich umgebende Duft war wie eine Frühlingsbrise. Frisch, jung, lebendig. Vorsichtig zog ich das blaue Strumpfband hoch, ehe ich mich in dem bodentiefen Spiegel betrachtete. Wie ein Mantra sprach ich die Worte: „ Etwas Altes, etwas Neues, etwas Geliehenes und etwas Blaues." Ich kramte in meiner Schmuckschatulle herum und zog die Ohrringe meiner Großmutter hervor, welche sie mir großzügiger Weise für heute geliehen hat. Gerade als ich sie anfasste, strich einer meiner Finger über die glatte Oberfläche einer Perle. „Die Perlenkette", flüsterte ich bevor sich mein Blick wie gebannt an dem alten Schmuckstück festsog. Ein schmerzverzogenes Lächeln erfüllte mein Gesicht. Meine Mutter hätte all das sicher nur zu gerne gesehen. Bestimmt hätte es ihr gefallen.

Mit allergrößter Vorsicht legte ich die Kette um meinen Hals. Ein kalter Schauer lief mir über den Rücken, als ich mein Spiegelbild so vor mir sah. Ich sah ihr wie aus dem Gesicht geschnitten gleich. Ich schluckte kurz die sich in mir breitmachende Panik hinunter und wurde sofort mit einer Welle des Glücks belohnt. Traumhaft. Ich sah traumhaft aus. Wie eine Figur as einem Märchen. Geisterhaft – nein, feeengleich.

Anmutig schritt ich aus dem kleinen Raum in der Kirche, in welchem ich mich für die Zeremonie zurechtgemacht hatte. Ich erstrahlte beinahe heller als die Sonne selbst so erfühlt von Glück war ich. Fortuna selbst hätte mich nicht übertreffen können. Doch plötzlich wendete sich das Blatt. Ein frischer Wind zog auf und die Fäden meines Schicksals wurden neu gesponnen. Mistige Moiren[1]. Mir meines Glückes neidisch. Ich sah Bilder, welche sich anfühlten wie Flashbacks. Schreckliche Dinge, die ich tat, die mir angetan worden sind. Mein Hals begann zu jucken und ich musste mich unentwegt kratzen. Ich begann zu straucheln, war mir meines Schrittes nicht mehr so sicher wie noch Sekunden zuvor. Die unnachahmbare Balance einer Primaballerina verlies mich und ich fiel.

---

[1] Schicksalsgöttinen der griechischen Mythologie welche über das Leben der Menschen entscheiden.

Kurze Zeit später fand ich mich in einem Krankenzimmer wieder. Als ich erwachte, war niemand be mir. Der Raum war kalt und nur spärlich beleuchtet. Ich hörte nichts. Keine Stimmen, kein emsiges Herumtreiben oder das dribbeln von schnell den Gang entlang eilendem Krankenhauspersonal. Ein Blitz der Erkenntnis durchfuhr mich, lies jede meiner Adern erzittern. Ich war alleine. Noch nicht wieder zur Gänze Herr meines Körpers, versuchte ich mich aufzuraffen. Ich wollte zu der Tür, wollte in den Gang blicken und sehen, dass ich mich irrte, dass dort doch Menschen waren. Nach einigen mühevollen Versuchen war es mir schlussendlich gelungen, meinen müden, schlaksigen Körper aus dem Krankenbett zu hieven und mich Richtung Tür zu schleppen. Meine Beine fühlten sich schwer und leicht zugleich an. Ich kam schnell voran und dennoch gar nicht. Als meine zarte Hand nun endlich den Türknauf umgreifen wollte, schien sich die Tür wie von selbst zu öffnen und ein gleisendes Licht gefolgt von sengender Hitze umgab mich. Ich hatte meine Augen instinktiv zugekniffen. Als ich mich kurze Zeit später jedoch wieder in der Lage sah, sie zu öffnen, war da nichts. Ein leerer Raum. Alles war weiß und es war unsagbar warm. Nicht wissend, was geschehen würde, wagte ich einen Schritt in die Leere. Zwei Schritte. Drei Schritte.

Mit einem Ruck und einem lauten Knall flog die Tür hinter mir zu und war auch sogleich verschwunden. Das Krankenzimmer war weg. Eine Heidenangst schoss in mir hoch und ich begann unwillkürlich zu schreien. „Ben! Ben!" Stieß ich hervor, bis meine Stimme heiser wurde und mein Hals schmerzte. Doch kurze Zeit nachdem ich aufgehört hatte zu schreien, verschwand der Schmerz im Hals und ich konnte von Neuem aus vollem Herzen heraus den Namen meines Verlobten dem Nichts entgegen brüllen. Wieder und wieder.

Tage waren nun schon vergangen, seit meine Verlobte gestorben war, doch noch immer hörte ich sie. Sie schrie meinen Namen mit so einer von Angst und Schmerz zerfressenen Stimme, dass es mich schier wahnsinnig machte. Man hatte mir ihre Besitztümer ausgehändigt und ich brachte es nicht übers Herz, sie sofort wegzupacken. Deswegen saß ich oft, wenn ich sie wieder zu hören glaubte, schweißgebadet auf der Couch oder fuhr gerade im Bett hoch und umklammerte dabei ihre Kette. Die Perlen ihrer Mutter. Seit deren Tod hatte sie sie nie auch nur angerührt – wollte sie aufheben für ihren großen Tag. In solchen Momenten war es, dass es mir so vorkam, als würde ihre Stimme lauter, eindringlicher erklingen als sonst. Bis dato hatte ich mich noch niemandem anvertraut. Zu groß war die Angst, man würde mich für verrückt erklären. Also schwieg ich.

Monate waren vergangen – das Schreien meiner Verlobten hörte ich noch immer, doch hatte ich bereits begonnen mich damit abzufinden. Allerdings kam es mir des Öfteren so vor, als würde ich sie sehen. Ganz am Anfang waren es nur schattenhafte Erscheinungen hie und da. Mal im Spiegel hinter mir mal den Gang entlang huschend. Die Perlen in meiner Hosentasche greifend ging ich dann nachsehen. Suchte den Schatten, das Trugbild meiner Angebeteten. Doch nicht einmal bekam ich sie zu Gesicht. Nicht einmal konnte ich wahrhaftig sagen: „Ja, sie war es." Bis dato hatte ich mich noch niemandem anvertraut. Zu groß war die Angst, man würde mich für verrückt erklären. Also schwieg ich.

Mein mentaler Zustand verschlechterte sich. Ich schlief kaum noch und wurde zunehmend paranoid. Überall glaubte ich sie zu hören, zu sehen, zu riechen, zu spüren.

Doch sie offenbarte sich mir nicht. Quälen wollte sie mich, sie gab mir die Schuld – ich weiß es genau.

Ich sah ihn. Nach ewigem Rufen sah ich ihn nun endlich vor mir. Doch er konnte mich nicht erblicken. Zu sehr war ich noch an die Schatten gebunden. Ich hatte es jetzt verstanden, begriff, was ich war und was nicht mehr. Ich war Tod. Ein Geist. Verweilte nicht mehr unter den Lebenden und doch hielt mich das Leben, welches ich einst besaß, gefangen. Ein kleiner Funken Hoffnung erstrahlte in mir, als ich ihn zum ersten Mal wieder sah. Und er entzündete eine Flamme enormen Ausmaßes. Ich wollte mehr. Mehr sein. Mehr haben. Alles wollte ich in dem Nichts verschlingen. Die Gier überkam mich und erdrückte all die Liebe, die zärtlichen Gefühle, die ich einst hegte und pflegte. Er sollte hier sein, hier bei mir. Mein Auserkorener, mein Adonis[2]. Immer wieder schrie ich, erschien ihm im Traum, tänzelte um ihn herum wie eine Waldfee. Nah und doch fern. Von einem weißen Schleier umhüllt – halb im Licht halb im Schatten.

Bis dato hatte ich mich noch niemandem anvertraut. Zu groß war die Angst, man würde mich für verrückt erklären. Gleichwohl wurde die Angst vor dem Alltäglichen immer größer. Irgendwann wurde es zu viel und ich schwieg nicht mehr.

Ich schrie und schlug um mich, als die Beamten mich abführen wollten. Ihren Fängen entzog ich mich mit ihrer Hilfe – der göttlichen Hand meiner Geliebten. Ich rannte wie wild los und sprang gegen eines der Fenster in das Dunkel der Nacht. Ich verlor bei dem Sprung die Perlenkette. Augenblicklich war ich frei von allem. Als ich da so flog, vom kühlen Wind sanft umschlungen, sah ich meine Muse hell erstrahlend vor meinem inneren Auge und ich war

---

[2] Gott der Schönheit in der griechischen Mythologie.

mit solcher Wärme erfühlt wie nie zuvor, als ich mit einem kräftigen Knacken am Asphalt aufschlug.

Man fand mich mit der Perlenkette auf dem Rücken liegend auf dem Trottoir. Doch ich öffnete gerade die Tür meines Krankenzimmers. Ein Lichtstrahl heller als tausend Sonnen umgarnte mich und ich wusste sofort, dass sie es war.

Meine Kali.[3]

---

[3] Im Hinduismus bedeutende Göttin des Todes, der Zerstörung und der Erneuerung.

DREI

Gerechte Strafe

Es war alles so eng. Dermaßen, angsteinflößend, eng. Und dieser, den Umständen entsprechend viel zu große Körper unter mir machte die Sache nicht gerade besser. „Gut, dass ich nicht atmen muss", flüsterte ich kaum hörbar. Wozu flüstern? Hört mich doch sowieso keiner. Mit einem langen Seufzen und meine Stirn in Falten legend betrachtete ich den Leichnam unter mir. Ich hatte ja echt nicht allzu viel vom Leben nach dem Tod erwartet, muss ich schon zugeben, aber hier herumlungern, bis der Aufgedunsene mal wach wird ging entschieden zu weit.

Streng genommen hatte ich mir die Misere selbst zuzuschreiben. Wieso hatte ich vor den Pforten des flauschigen Tales auch gesagt, dass ich eine Heidenwut in mir trug? Mal abgesehen von der Wortwahl, war es vermutlich verpönt, im Paradies schlecht gelaunt zu sein. Nun ja, ein kurzer Blick in meine Akte und Gott meinte dann auch schon, ich dürfe als Geist wieder zurück – wenn ich das denn möchte. Anscheinend hat Gott so eine Rache Klausel für Ermordete. Man dürfe zurück und dem Sünder eins auswischen oder so ähnlich. Und wie eifrig ich dem Deal zustimmte. Mit jedem Heavy Metal Fan hätte mein Headbang es aufnehmen können.

So schickte der Allmächtige mich wieder zurück auf Erden, wo ich ratzfatz in einem hypoallergenen Hippieladen ein Tütchen Kräuter entwendete, um meine Leiche mit etwas Hokuspokus wieder auferstehen zu lassen.

Ich war ja schließlich nicht um sonst in einer streng geheimen Wissenschaftlergruppe der Regierung – halt da regt sich was!

Wenn ich nicht über ihm geschwebt, sondern auf ihm gesessen wäre, hätte ich vermutlich die Regung meines baldigen Kameraden schon früher wahrgenommen, doch so bekam ich es gerade noch mit, bevor er seine eingefallenen Äuglein aufschlug. Mit einem großen „Bläääh" stellte er sich vor. Na toll. Er war dämlich. Aber gut, was hatte ich mir auch anderes erwartet? Ich war schließlich schon einige Tage Tod, da kann man sich nicht mehr viel von einem wieder ins Leben geholten, oder wie Hollywood ihn nennen würde: Zombie, erhoffen. Sie stinken, scheißen, ihre kognitiven Fähigkeiten sind im Arsch und sie fressen was das Zeug hält – wie ein Baby eigentlich.

Auch wenn ich mit meiner Forschung zu Lebzeiten nicht einmal ansatzweise so weit war, wie ich gern gewesen wäre, für diesen Zweck sollte es reichen. Ich sah dem Schwabbeligen ins Gesicht, um zu überprüfen, ob er mich den überhaupt sehen konnte – sonst wäre das alles für die Katz gewesen. „Buäääääh!" Stieß er hervor, als unsere Blicke sich trafen. Sehtest bestanden würd ich sagen. „He Frankensteins Monster, hörst du mich?" Auf meine Frage folgte kurze Stille, dann kam ein erneutes „Blöööä!" „Exzellent", dachte ich, bevor ich den Grünen bedächtig ansah. „Wir müssen dich hier irgendwie raus bringen. So eingepfercht in einem Leichenhaus nützt du mir nichts." Murmelte ich. Gerade als ich durch die Tür des Leichenfaches gleiten wollte, wurde diese mit einem gezielten Tritt vom Dicken davon katapultiert. Was es ihm an Hirn mangelte, machte er mit Stärke wieder wett. Zu meinem Entsetzen gab es in dem Leichenschauhaus einige Securityleute, die den Lärm gehört hatten und sofort ihrer tüchtigen „Spürhundnase" folgten. Mit Müh und Not schleppte sich der Verwesende hinter meiner flinken Flugkunst her und wir gelangten schlussendlich ins Freie. Sobald wir außer Seh-, Hör- und Riechweite waren, kramte ich in meiner Geistertasche nach einem kleinen Zettelchen mit Name und Adresse unseres Opfers. Ich fischte die Notiz heraus und wachelte triumphal vor des Dickens Nase damit herum. „Haha", lachte ich diabolisch auf, „weißt du, was das ist, mein Lieber? Das ist dein Auftrag! Finde dieses Aas und vernichte es!" Mit einer finsteren Miene überreichte ich dem Wiedergekehrten die Notiz. Sorgfältig begutachtete er sie, sah mich vorsichtig an, ich Idiot nickte, und der dumme Dicke kam dadurch offenbar zu der Erkenntnis, dass es sich bei dem Stück Papier um etwas Essbares handeln musste. Gierig verschlang er den Namen und die Adresse. Ungläubig, mit meinem sonst klugscheißenden Maul weit geöffnet schwebte ich da neben ihm. Die Augen weit aufgerissen. Perplex vor so viel Dummheit auf einem Kadaver. Als ich wieder etwas zu mir gefunden hatte, klatschte ich mir auf die Stirn. Kopfschüttelnd zog ich von dannen, ließ ihn dort einfach vergammeln. Doch der nach After stinkende Oger kroch mir hinterher, überholte mich sogar. Offenbar achtete er aber nicht so sehr darauf, wo er hinstolzierte, denn er war gefährlich nah an einer Baugrube – und weg war er. Leicht wie eine Feder im Wind glitt ich zu dem Volldeppen hin, um zu überprüfen, ob alles noch halbwegs dran hing. „Bläää?" Quoll es aus ihm heraus, während er mir ein verlegenes Daumenhoch entgegenstreckte. Ich holte tief Luft und wand meinen Blick in Richtung Himmel. „Womit habe ich das verdient?" Langsam neigte sich mein Kopf wieder in Richtung Irdisches als ich auf einer Werbetafel ein doch etwas skurriles Angebot las.

„Mordgelüste? Geisterservice 007-Rache" Mein Interesse war geweckt. Wie durch Zauberhand ergatterte ich die Adresse des Typen der die Werbung geschalten hatte. Ein Geister Guru. Offenbar im Namen Gottes, sieht er sich als Helferlein der armen Seelen derer, die einem Mord zum Opfer gefallen waren.

Mit dem Ungeheuer im Schlepptau – wortwörtlich, denn ich hatte ihm eine Leine aus einem Tierhandlungsbedarf gemopst – machte ich mich auf zu dem Mörder aus Gerechtigkeit.

Berufsbedingt konnte er Geister aller Art sehen, recht praktisch, denn so musste ich nicht den Oger als Sprachrohr verwenden. Wie das wohl funktioniert hätte? Wie dem auch sei, der Alte vor mir sah recht wirr aus und sprach auch dementsprechend. Ganz nach dem Motto „Verrückter Wissenschaftler" – ou. Das wäre also ich in vierzig Jahren gewesen. Gedankt sei dem Mörder. Ich erzählte dem bekloppten Genie von der Glanzleistung meines hässlichen Haustieres und für sein alter flotten Schrittes hinkte er zu einem steinalten Bibliothekscomputer. Die mit den Röhrenmonitoren meine ich hier, liebes Publikum der 90er.

Nachdem er meinen Namen erfragt hatte, tippten seine knochigen Schrumpelfinger diesen in die Maschine ein und mit einem enorm lauten „Biep Biep Boop Boop" spuckte sie sofort ein Ergebnis aus. Name und Adresse des Täters. Kopfnickend packte der Alte ein Gewehr und eilte in des Löwen Höhle.

Wenig später war er in seine Büroräume zurückgekehrt und verkündete stolz, dass die Tat vollbracht sei. Zufrieden schloss ich meine Augen, nur um mich vor Gottes Antlitz wiederzufinden. Stolz grinste ich ihn an. Ich verspürte keinerlei Wut mehr. Ich war bereit für den Einlass in die heiligen Hallen.

Gott sah das aber anders. Er faselte irgendetwas von wegen „nicht selbstständig gehandelt, einem anderen meine Bürde auferlegt, dieser arme Mann wäre meinetwegen ein Sünder, ein Mörder" bla bla.

Kurzum – ich fand mich wieder in Mitten des Stinkenden und des Alten und wusste mir nicht anders zu helfen, als ihm meine Dienste und auch die des Dummen anzubieten – auf ewig.

Worship

EINS

Das Buch aller Bücher

Talmaxal war ein Unterdämon. Ein niemand. Er hatte noch nichts erreicht in der Hölle. Niemanden gequält. Keinen Deal mit einem Menschen abgeschlossen. Ja, er hat noch nicht einmal eine einfache Inbesitznahme durchgezogen. Kurzum, er war zum Gespött der gesamten Hölle geworden. Aber das sollte sich nun ändern. Jawohl. Er würde nun sein "Leben" bei den Hörnern packen und von einem Menschen Besitz ergreifen.

„Klein und unbeholfen." „Zu nichts zu gebrauchen" Das, und noch andere Gemeinheiten musste sich Sherrie Frazier tagtäglich von ihrem eigenen Vater anhören. Sherrie lebte seit dem Tod ihrer Mutter allein mit ihrem Vater in dem alten Farmhaus am Rande der Stadt. Sie war siebzehn, nicht sonderlich groß und das typische Mauerblümchen. Ihre blonden Haare waren immer zu einem hochgeschlossenen Zopf gebunden, der Rock nie kürzer als knielang. In der Schule war sie eine Musterschülerin. Eine Streberin. Komisch.

Da sie weder gerne zu Hause noch in der Schule war, verbrachte sie die meiste Zeit in der örtlichen Bibliothek. Und dort fand sie es. Das Buch der Bücher. Alt und schmuddelig.

Und okkult. Es war so ganz und gar nicht das Buch, dass zu einem so unscheinbaren Mädchen passte. Es schrie förmlich nach Ärger. Sie musste es ausleihen. Musste es lesen. Aber wie sollte sie es denn vor ihrem Vater verstecken? Wo sollte sie in Ruhe darin schmökern können? Da kam ihr die glorreiche Idee. Sie könnte es doch am Dachboden des Stalles aufbewahren. Nur um sicherzugehen, dass ihr Vater es nicht sehen würde, es nicht in die Finger bekäme.

Und so kam es, dass Sherrie, die kleine unbeholfene Sherrie, eines lauen Sommerabends mit jenem besagten Buch aller Bücher nun ein Beschwörungsritual durchführte, und zwar just in jenem Moment, in dem Talmaxal in der Hölle grübelte, welchen glücklichen Menschen er denn nun besuchen und in Besitz nehmen solle.

Mit Ach und Krach, viel Getöse und Rauch stand er nun also vor ihr, der hauseigene Dämon. Er war nicht ganz so, wie sie sich ihn vorgestellt hatte. Schlaksig, hässlich, gar grotesk abartig. Und dennoch wirkte er nicht angsteinflößend. Ganz im Gegenteil, denn bei genauer Betrachtung sah man, dass er zitterte. „Ich bin Talmaxal ein mächtiger Unterdämon. Ihr habt mich gerufen, wie kann ich dienen?" Sherrie wusste nicht so recht, was sie sagen sollte, immerhin hatte sie nicht damit gerechnet, dass diese Beschwörung wirklich funktionieren würde. Sie fing an zu stottern. „Äh H-Hallo Herr D-Dämon Sir. Herr Max."

Talmaxal hob die rechte Braue. Max? Dummer Mensch. „A-Also Herr Max. Was Sie für mich tun k-könnten wäre," Sherrie macht eine Pause. Mit strengem Blick durchforstete sie ihre Gedanken, bis ihr die zündende Idee kam. "Ah! Ja, genau! Ich will nicht mehr der Fußabtreter anderer sein. Nicht mehr die kleine Sherrie, mit der man es ja machen kann. Die sich nie wehren wird."

Talmaxal verstand nicht, wovon die Blonde da sprach. Aber das war auch egal. Er hatte eine Mission zu erfüllen. Schließlich wollte er kein Loser mehr sein da unten in der Hölle. „Nun denn Sherrie, ich kann dir natürlich helfen, immerhin bin ich ein Dämon. Aber um dir voll und ganz dienen zu können, musst du mich hineinlassen. Du verstehst?"

Sherrie verstand nicht, wovon der Hässliche da sprach. Aber das war auch egal. Sie hatte einen Traum. Schließlich wollte sie kein Fußabtreter mehr sein. Sie nickte. Der dubiose Deal war getan. Talmaxal hatte das Sagen. Zumindest halbwegs. Denn Sie müssen wissen, eine Inbesitznahme war doch nicht so eine Lappalie, wie Talmaxal zunächst annahm. Man brauchte viel Übung und Willenskraft. Es kostete also Zeit und Geduld. Beides besaß er jedoch nicht, daher war er letztendlich nicht mehr als eine kleine Stimme in Sherries

Kopf. Eine Stimme, die ihr zu viel Unfug und Schabernack riet. Natürlich flüsterte „Max" ihr auch, klassisch für einen Dämon, Böses ein. Dunkle Gedanken verfolgten Sherrie.

„Wie geht es ihnen denn heute Frau Frazier? Wirken die Tabletten?" Sherrie saß in einem klinisch weißen Raum. Vor ihr stand eine ältere Frau mit überaus nett wirkendem Gesicht, auf dem ein falsches Lächeln die traurigen Augen nicht verbergen konnte. Sherrie nickte, drehte ihren Kopf zur Seite und blickte nun wieder teilnahmslos an die Wand. Die ältere Dame sah Sherrie noch eine Weile an, bevor sie den Raum verließ und zu einer anderen Frau kopfschüttelnd sagte: „Armes Ding. So jung. Sie wird hier wohl nie wieder rauskommen."

Zur selben Zeit in der Hölle feierte man den nun nicht mehr Unter-Dämon, sondern neu beförderten Fürsten Dämon Talmaxal.

Das Buch der Bücher liegt noch immer am Dachboden des Stalles. Neben der Farm. Am Rande der Stadt.

Z W E I

All American Girl

Sie war in ihrem dritten Jahr auf dem College und sie war schön. Nicht atemberaubend, makellos schön – vielmehr „Girl next door" schön. Hellbraunes gelocktes Haar fiel ihr über die zarten Schultern. Leichte Sommersprossen zierten ihr Gesicht, die rehbraunen Augen waren von dichten Wimpern umgeben. Sie war die Top Cheerleaderin und als solche natürlich sehr beliebt. Doch mit Beliebtheit kam auch immer Neid, Hass und Argwohn.

„Jennifer hier, Jennifer da", dachte Trish stillschweigend, als sie den Cheerleadern beim morgendlichen Training zusah. Trish war im selben Jahrgang wie Jennifer. Allerdings war sie eine Außenseiterin und nicht der strahlende Star des Cheerleaderteams. Sie platzte vor Neid. Auf der sonst leeren Tribüne sitzend, sah sie zu wie die ganze Cheerleadergruppe von Ohr zu Ohr grinsend ihre Hüften schwang. Allen voran natürlich die nette Jen.

Nach dem ach so erfolgreichen Training hüpften sie vergnügt kichernd in Richtung Umkleidekabinen. Keine der Primaballerinas würdigte Trish auch nur eines Blickes. Sie nahm ihre Bücher und ging in den Unterricht. Chemie. Sie liebte dieses Fach und hasste es zugleich. Was sie an dem Fach mochte, war das Hantieren mit den verschiedenen Chemikalien, die Genauigkeit, die es verlangte. Die Konzentration. Man musste immer voll bei der Sache sein. Sonst könnte einem alles um die Ohren fliegen. Die ganze Schule – nicht nur ein paar Pompons. Was sie an Chemie hasste, und zwar nicht nur „teenagermäßig die-schule-abstoßend" hasste war, dass Jennifer ebenfalls in ihrem Chemiekurs war.

Jennifer war also schön. Nicht atemberaubend schön. Oder vielleicht doch? Wie alle Cheerleader musste auch Jennifer immer lächeln, immer fröhlich, immer adrett sein. Aus diesem Grund waren Jennifers Zähne wie die eines Filmstars. So weiß wie Schnee. Blendend schön, im wahrsten Sinne des Wortes. Grinsend wie ein Honigkuchenpferd stolzierte sie nun in den Chemiesaal. Nach nur wenigen Wimpernschlägen waren alle Augen auf sie gerichtet. Wunderschönes, wunderbares, perfektes „All-American Girl".

Wie gewöhnlich ging sie an ihren Platz in der vordersten Reihe. Die Reihe der Beliebten, aber Hirnlosen. Trish verglich Jen oft mit einer Beauty Pageant Gewinnerin. Breites Lachen. Mit wundervollen weißen Zähnen die von vollen rosafarbenen Lippen umgeben waren. Die Wut stieg in Trish auf. Sie wollte auch ein perfektes Leben. Auch lächelnd durch die Gegend rennen, ohne sich irgendwelche Gedanken über die Meinung anderer Menschen machen zu müssen.

Sie bekam einen Krampf in ihren Wangen. Es schmerzte, doch sie musste durchhalten. Es war immerhin erst die erste Unterrichtsstunde und noch 6 weitere folgten. Jen wusste nur zu gut, dass der Schmerz vergehen würde, oder vielmehr, dass sie sich daran gewöhnen würde. So wie jeden Tag. Jede Woche. Jeden Monat. Seit Jahren. Sie konnte die Blicke auf ihrem Hinterkopf förmlich fühlen. Begierde. Bewunderung. Hass. Vor allem Letzteres spürte sie heute ganz besonders stark. Es machte ihr Angst und sie fühlte wie sie zu Zittern begann. Zunächst nur die Finger beim Schreiben. Dann wurde sie unruhiger und begann mit den Beinen zu wippen. Welche verabscheuenswerte Person lies sie hier so sehr leiden? Sie würde ihr am liebsten die Kehle aufschlitzen und- Contenance. Böse Gedanken machen böse Falten. Du musste dein Gesicht bewahren. Lächle Jen, lächle.

Der Tag ging relativ schnell vorüber. Trishs Verabscheuung wuchs jedoch mit jeder Minute. Sie ertrug es nicht mehr. Sie konnte dieses süffisante Grinsen nicht mehr sehen. Sie wollte Jennifer leiden lassen. Glücklicherweise, man könnte es auch wink des Schicksals nennen, fand Trishs Onkel vor einigen Jahren in seinem Stall am Dachboden ein Buch. Es war okkult. Trish blätterte es eifrig durch und nach etwa fünfzig, vielleicht sechzig Seiten fand sie etwas, dass ihr passend erschien.

Es war ein kühler, regnerischer Frühlingsabend. Jennifer irrte ziellos durch die Gassen. Ihr unvergessliches Lächeln verblasst. Der Stern erloschen. Aus der Traum. Sie dachte oft an jenen Morgen vor einigen Monaten zurück. Der im Chemiesaal. Sie wusste es damals schon, dass etwas nicht stimmte. Das da jemand war, der ihr gegenüber feindselig gesinnt war. Doch woher hätte sie ahnen sollen, dass jemand dazu in der Lage wäre, sie so bloßzustellen? Sie so zu entstellen. Die Haare klebten klatschnass vom Regen an ihrem Gesicht und trotz eines stechenden Schmerzes ging sie erhobenen Hauptes weiter durch die Gassen.

„Hey Kleines", sprach sie ein Mann im Vorbeigehen an. „Du wärst viel schöner, wenn du lächeln würdest."

Jen blieb stehen und drehte sich langsam nach dem Todgeweihten um. Ihre einst unschuldigen rehbraunen Augen funkelten vor Erregung und ihr Blut fing förmlich an zu kochen als ihr Puls sich beschleunigte. Sie lächelte den Mann an. Da erstrahlten sie in all ihrer Pracht. Ihre vielen wunderschönen, perfekten – haiartigen Fangzähne.

DREI

Geschenk Gottes

Claude war gerade mit ihrer Arbeit fertig geworden. Sie verließ die Praxis von Dr. Dufour pünktlich um 16 Uhr an diesem herrlich lauwarmen Septembertag. Sie war Dr. Dufours Ordinationshilfe, seit nun ungefähr zwei Jahren führte sie diesen Beruf gewissenhaft und mit Freude aus. Obwohl es nicht das war, was ihre Eltern sich immer für sie gewünscht hatten. Mit „ihre Eltern" ist allerdings nur ihre Mutter, Abigail Boudier, gemeint. Sie müssen wissen, Claude hat ein Talent, eine Gabe, ein „Geschenk Gottes", wie es ihre streng gläubige Mutter Abigail zu nennen pflegt.

Claudes Gabe, ihr Geschenk Gottes, war ihre Stimme. Engelsgleich war sie. Samt wie Seide. Himmlisch. Wenn man also nicht schon durch Claudes atemberaubende Schönheit – groß, schlank gebaut, smaragdgrüne Augen und volles mahagonibraunes Haar – von ihr verzaubert war, so war man es spätestens, sobald man das erste Wort mit ihr gewechselt hatte.

Ihre Mutter Abigail, wünschte sich daher natürlich, dass sie diese Gabe Gottes auch nutze. Sie solle Sängerin werden! Schauspielerin! Etwas, wobei möglichst viele Menschen von ihrer Gabe erfahren würden. In ihrer Kindheit musste Claude deshalb an einigen Talentshows oder sonstigen Wettbewerben teilnehmen. Natürlich gewann sie, wer könnte auch so einer Stimme widerstehen? Immerhin würden sogar die Engel im Himmel neidisch auf ihre Tochter sein – so Abigail.

Es war also ein herrlicher, lauwarmer Septembertag. Claude war pünktlich von der Arbeit fertig geworden und machte sich auf den Weg in ihr Lieblings-Kaffeehaus. Es war klein und schnuckelig, beinahe unscheinbar und praktischerweise nur ein paar Gehminuten von Dr. Dufours Praxis am Plaza de Fleur entfernt. Wie jeden Tag nach der Arbeit saß sie nun dort im Gastgarten vor dem von Efeu bewachsenem kleinen Kaffeehaus, und trank ihren Cappuccino. Sie ahnte nicht, dass sie beobachtet wurde und sich heute ihr gesamtes Leben verändern würde.

Ihr Telefon klingelte. Es war Ihre gute Freundin Lina. Sie nahm ab und die beiden Frauen unterhielten sich eine Weile. Gerade als Claude auflegte und das Telefon beiseiteschob, stand plötzlich ein Mann vor ihrem kleinen verschnörkelten Stammtischchen.

Er war groß. Gutaussehend – hatte dunkle Locken und mit seinen strahlend blauen, dem Meer gleichenden, Augen sah er Claude nun an. Und er begann zu lächeln. „Verzeihen Sie die Störung, Madame. Ich konnte mich Ihrer lieblichen

Stimme nicht länger entziehen." Der unbekannte machte eine kleine Pause, in der er Claude immer noch freundlich lächelnd, musterte. „Ich höre sie nun schon so lange, und ich muss sagen, Sie, Madame, bringen sogar den Teufel zum Schwärmen. Gestatten Sie, wenn ich mich nun vorstelle. Luzifer ist mein Name. Herr der Hölle."

Ohne ein weiteres Wort zu sagen setzte sich Luzifer, wie er sich nannte, auf den leeren Stuhl Claude gegenüber. Verstohlen lächelte er sie an und wartete darauf, dass die Schönheit endlich wieder anfing zu sprechen. Doch Claude saß einfach nur da. Sie kam sich veralbert vor. Wer dachte dieser Typ, dass er denn ist. Zu behaupten, er sei der Herr der Hölle. Lächerlich! Zum Tod lachen!

„Hüte dich vor dem Teufel meine Tochter. Lass dich niemals in Versuchung bringen", gab Luzifer von sich, als er Claude direkt in die Augen sah. Diese Worte. Sie war bis aufs Mark erschüttert sie wieder zu hören. Ihre Mutter, Abigail, pflegte sie ihr immer einzutrichtern. Jeden Abend vorm ins Bett gehen, wiederholte sie diese Worte. Endlich hatte er erreicht, was er zu erreichen erhofft hatte. Claude öffnete ihren Mund. „Also gut. Sie haben meine Aufmerksamkeit, Mister Luzifer. Was wollen sie von mir?"

„Nun", Luzifer machte eine kleine Pause, die, auch wenn sie nur eine, höchstens zwei Sekunden lang war, Claude wie eine halbe Ewigkeit vorkam. „Sie müssen Wissen Madame Claude", gespannt hörte sie dem atemberaubenden Herrn zu. „Madame Claude", dachte sie, „sehr höflich dieser Luzifer." „Was ich von Ihnen will, ist vermutlich nicht ganz korrekt formuliert, denn um ehrlich zu sein, will ich Sie Madame Claude."

Stark blinzelnd vor Verdutzen, sah sie den Schönling an. „Wie meinen?" Stieß sie ungläubig hervor. Luzifer wand seinen Blick lächelnd Richtung Boden. Ein gefährliches Lächeln war das. Er sah so schüchtern aus. Beinahe unschuldig. „Pardon Madame. Ich habe mich wohl nicht deutlich genug ausgedrückt. Sie, Madame Claude, wären die perfekte Frau für einen wie mich." „Und mit für einen, wie Sie meinen Sie wohl für einen Teufel?" „Exactement mon amour" gab Luzifer nur zurück. Sie starrte ihn an und war bereits wie verzaubert von seinem Charme. Und von diesen Augen. Diesen wunderschönen blauen Augen, die so sehr im Kontrast zu seinen rabenschwarzen Haaren standen.

Bis heute weiß Claude nicht genau, was sie dazu verleitet hat, seine ausgestreckte Hand zu ergreifen. Waren es nun diese Augen? Oder dann doch eher die Worte ihrer Mutter Abigail, die sie schon seit frühester Kindheit neugierig gemacht hatten?

Während sie umgeben von höllischem Geschrei, ganz in Weiß auf den Herren der Hölle, der auf seinem Thron saß, zuging, musste sie kurz kichern.

„Hüte dich vor dem Teufel meine Tochter. Lass dich niemals in Versuchung bringen", dachte sie. Und wie ein Mantra wiederholte sie es immer und immer wieder, bevor sie neben ihrem Gatten Platz nahm und über ihr neues Reich blickte.

Wicked

EINS

Das Totenkleid

Frankreich 1889.

Inmitten eines dichten, nebeligen Waldes hatte eine Zigeunerfamilie ihr Lager aufgeschlagen. Die Stammesälteste saß vor einem kleinen Lagerfeuer. Um sie herum war ein Siegel auf den Boden gemalt und sie murmelte unverständlich vor sich hin.

Hundert einunddreißig Jahre später sitzt ein ganzes Städtchen in einer winzigen Rathaushalle zusammen und fängt wie so oft an zu diskutieren. „Ruhe bitte, Ruhe!" Rief ein wild auf sein Podium klopfender Bürgermeister. Er ist klein, mit einem langen weißen Bart und einem Bierbauch. Treffenderweise spielt er jedes Jahr den Santa Claus in dem Weihnachtsstück.

Ester saß in der vorletzten Reihe. Sie hasste diese Meetings, auch wenn sie wusste, dass sie aus einer gewissen Notwendigkeit heraus gemacht wurden. Dennoch sah sie nicht ganz ein, wieso sie hier sein musste, immerhin wollte sie nicht miterleben, wer für ihren eventuellen Tod abstimmen würde. Sie fand es absurd, dass all jene, die auf der Liste standen, hier sitzen und zusehen mussten. Um etwaige Verwirrung beiseitezuschieben, dieses Meeting wurde, wie die vielen anderen zuvor auch schon, zum Wohle der Gemeinde einberufen. Denn die Stadt wurde verflucht. Vor langer, langer Zeit von einer wütenden Zigeunerfamilie. Um das Leid und die Zerstörung des Fluches abzuwenden, können die Bewohner nichts anders tun, als alle paar Jahre ein junges Mädchen zu opfern.

Ester hatte nicht die Befürchtung, auserwählt zu werden. Wenn sie in den 20 Jahren, die sie nun schon hier lebte, eins gelernt hatte, dann war es, dass der Bürgermeister darauf bestand, junge „reine" Mädchen zu opfern. Laut ihm hielten sie den Fluch länger von der Stadt fern. Doch ausgerechnet dieses Jahr sträubten sich alle Eltern. Was früher als ein Privileg galt und für guten Ruf sorgte, war heute verhasst und wurde abgelehnt. Nur ein Elternteil schien sich nicht zu kümmern was aus seiner Tochter wurde, war desinteressiert und abwesend. Es war Esters der Alkoholsucht verfallener Vater. Er nahm sich der Flasche an, nachdem Esters Mutter sie vor zehn Jahren verließ, aufgrund der fatalen Entscheidung des Vaters, ihre damals achtjährige Tochter Mindy zu opfern.

„Nathan? Nathan!" Egal wie oft der Bürgermeister seine Aufmerksamkeit zu erlangen versuchte, Esters Vater blieb ungerührt. Und mehr brauchte man auch nicht, um Ester als potenzielles Opfer anzusehen. Prompt standen zwei muskelbepackte Handlanger Santas hinter Ester, ergriffen je einen ihrer Arme und zerrten sie hinfort. Niemand tat etwas, um es zu verhindern. Alle hatten sie Angst um ihre eigenen Kinder.

Sie wurde in ein kleines Häuschen am Rande der Stadt verfrachtet. Dort wurde sie von der Frau des Bürgermeisters und deren Schwester für das Ritual vorbereitet. Man badete sie, wusch ihre langen feuerroten Haare und steckte sie in ein weißes Totenkleid. Noch in dieser Nacht wurde Ester einen Hügel hoch eskortiert und in einen brodelnden Vulkan geschupst.

Doch damit war es dieses Jahr nicht getan. Denn auf den kleinen idyllischen Ort wartete eine feurige Überraschung.

Ester erwachte am Rande des Hügels. Ihr Kleid war etwas angekokelt – ansonsten fühlte sie sich allerdings gut. Sie stand auf wie der kleine Phönix, der sie war, schüttelte ein bisschen Asche von ihrem Haupt und machte sich auf den Weg, um ein paar Menschen in Angst und Schrecken zu versetzen.

Leider war es dafür zu spät, sie hatte sich etwas in ihrer „Liegezeit" vertan. Anstatt wie geplant nur eine Nacht am kalten, nassen Waldboden herum zu gammeln, lag sie mindestens drei Tage dort. Und in dieser Zeit brodelte im Vulkan die über hundert Jahre angestaute Wut der einst Verfluchenden empor und breitete sich in Windeseile über das kleine Dörfchen aus. Alles was übrig geblieben war, von dem einst so schmucken kleinen Örtchen Frankreichs, war ein Häufchen äschernen Elends. Wo einst prächtige, farbenfrohe Gärten vor kleinen bunten Häuschen waren, war nun alles Grau in Grau und Tod.

Lächelnd durchstreifte Ester die unebenen, mit Pflasterstein ausgelegten Gassen, um zum Hauptplatz zu gelangen. Sie ahnte schon, was sie dort vorfinden würde, allerdings versetzte der Anblick dessen sie in noch größere Freude, als sie es je erwartet hätte. Dort, mitten auf dem Hauptplatz saß ein Mann. Er hatte seine Beine an seinen Körper gezogen, umklammerte sie, als hinge sein Leben davon ab und wippte hin und her. Wie ein kleines Kind saß er da, der Henker all jener, die er in den lodernden Abgrund gestürzt hatte und schluchzte, jammerte, flehte. „Warum ich? Wieso, oh Herr, blieb nur ich verschont? Bitte, ich halte es nicht länger aus, erlöse mich! Ihre Stimmen. Ich höre sie klagen, schreien, bei Gott, ich höre sie sterben. Wieder und wieder! Ich-" „Habe das nicht verdient?", unterbrach Ester den ach so werten

Herrn Bürgermeister. Erschrocken drehte er sich nach Ester um, die wie eine geisterhafte Erscheinung vor ihm stand.

„Du? Aber du wurdest doch!" Stotterte er vor sich hin. Ester ignorierte sein darauffolgendes Gebrabbel denn Wut begann in ihr hochzusteigen. „Sie, Monsieur haben es verdient. All das Leid, das sie verursacht haben, dürfen Sie nun für alle Ewigkeit am eigenen Leib erfahren. Gern geschehen." Mit einem süffisanten Grinsen blickte Ester auf den am Boden Kauernden hinab. „Du warst das? Aber wie hast du?" Der Bürgermeister machte eine Pause. Bei genauerem Betrachten seines Gesichtes konnte man es sehen. Es dämmerte ihm. Er sah Ester an und Furcht durchfuhr seinen Körper. Ruckartig sprang er auf. „Hexe!" Schrie er, bevor er versuchte wegzulaufen. Doch die Pflastersteine, die der Stadt einst ihren Charme verliehen, wurden nun zu einer unüberwindbaren Hürde für den schwächlichen Alten. Auf wackeligen Beinen kämpfte er sich voran, stolperte einige Male, um schlussendlich todmüde und ängstlich zusammenzuklappen.

Höhnisch lachend ging Ester nun ihres Weges, wissend, dass ihr minutiös geplanter Racheakt Früchte getragen hatte und ihre kleine Schwester nun in Frieden ruhen konnte.

ZWEI

Der dreizehnte Tag

Es was Oktober, eiskalt und windig. Der Weg in die Arbeit war noch nie so ungemütlich gewesen. Aber nicht nur das Wetter spielte verrückt. Alles und jeder würde heute buchstäblich durchdrehen.

Wie an jedem anderen Tag auch nahm Veronica die Laufroute durch den Park. Der dichte Nebel und der leichte Nieselregen machten es ihr nicht gerade leicht. Sie wollte schon kehrtmachen und unter die warme Dusche springen als plötzlich, wie aus dem nichts ein Schuh vom Himmel herabfiel und vor ihren Füßen landete. Abrupt blieb sie stehen und sah nach oben. Doch sie konnte nichts sehen. Nichts erkennen. Dann sah sie wieder zu Boden und begutachtete den Schuh, der sie ebenso gut am Kopf treffen und sie umbringen hätte können. Es war ein schwarzer Pump Größe 37.

Ava holte tief Luft und hielt an. Ausgerechnet jetzt. Sie war doch ohnehin schon zu spät dran für das Meeting. „Die Alte wird sich so sehr aufregen." Aber Ava traf keine Schuld für ihr Zuspätkommen. Sie war gestern Nacht noch so nervös gewesen, dass sie nicht einschlafen konnte und als sie es dann doch endlich tat, war es bereits früher morgen. Sie huschte also gleich nach dem Läuten des Weckers flink unter die Dusche, aß schnell ein Brioche, warf sich ihren Umhang über und nahm den Besen in die Hand.

Ab hier begann das Debakel. Der Besen wollte einfach nicht abheben. Geschlagene zwanzig Minuten redete sie auf ihn ein, versuchte es mit Räuchern und Bestechung. Doch ihm war nicht danach. „Nicht heute", meinte er nur. Erst als Ava ihn daran erinnerte, dass sie ihn nicht brauche, ihn einfach gegen einen nigelnagelneuen fliegenden Staubsauger austauschen könne, so wie alle modernen Hexen heutzutage, wurde er hellhörig.

Nachdem sie also endlich unterwegs war zum Meeting, verlor sie auch noch ihren Schuh. Ohne viel nachzudenken flog sie nun im Sturzflug in Richtung Park. Die Landung war nicht gerade sanft, aber sie war das Beste, dass man mit so einem bockigen Besen eben hinbekam.

Veronica traute ihren Augen nicht, als da neben ihr nun eine junge Frau mit einem Besen eine Bruchlandung erlitt. Sie hatte noch nie Drogen genommen, aber heute wünschte sie sich, dass sie es getan hätte. So wäre dieses Geschehnis leichter zu erklären gewesen. Die Frau, die da vor ihr stand, war klein und zierlich. Sie hatte ein markantes Gesicht und wunderschöne lange rabenschwarze Haare. Sie sah Veronica sanft an. Ihre grauen Augen wirkten beinahe traurig.

„Oh Darling", begann sie mit beinahe zärtlich klingender Stimme, „scheint so, als hättest auch du einen schlechten Tag". Die Fremde kramte in ihrem Umhängebeutelchen herum. Plötzlich zückte sie ein kleines Gläschen mit einem gelben Puder und öffnete es. Mit einer eleganten Handbewegung warf sie Veronica das Pulver auch schon ins Gesicht. Ava holte tief Luft, ging zu ihrem Schuh und zog ihn an. „Wie war das jetzt noch mal? Der Spruch, der sie vergessen lässt?" Mit geschlossenen Augen versuchte sie sich an die Worte zu erinnern. „Ist eigentlich auch egal, ich muss zur Alten." Bemerkte sie dann etwas wütend, bevor sie einige Worte, von denen sie meinte es seien die Richtigen, hinaus brabbelte. „Hocus Pocus Fidibus vergessen sollst du die Medicus." Und Veronica vergaß.

Doch nicht nur sie vergaß an diesem Tag. Sie alle vergaßen. Nicht nur die Medicus sondern auch anderes. Zunächst waren es nur Kleinigkeiten wie Schuhe zubinden, bevor man das Haus verlässt, den Wasserhahn abstellen, dass man beim Gemüseschneiden das Brett im Auge behalten sollte oder nach links und rechts schauen, bevor man die Straße überquert. Viele Finger und Leben gingen an diesem Tag verloren.

An einem kalten, windigen Oktobertag. Dem dreizehnten des Monats. Einem Freitag.

D R E I

Vorsicht Zerbrechlich

Meine Großmutter Rosa hatte einen kleinen Kerzenladen in der Innenstadt, bevor sie verstarb. Sie managte alles ohne jegliche Hilfe, hatte keine Mitarbeiter und auch mein Vater musste ihr nie zur Hand gehen. Ich war nach der Schule oft bei ihr im Laden und machte dort meine Hausaufgaben. Man hatte mir sogar in einer Ecke des Ladens eine eigene kleine Nische eingerichtet. Ich hatte dort alles, was ich brauchte. Ein Tischchen mit einem Stuhl, Stifte, Papier und eine winzige Tischlampe, falls es im Winter einmal schon früher dunkel wurde und ich noch immer dort saß. In all den Jahren kamen zwar viele Gäste, aber nur selten war auch einer dabei, der wirklich eine Kerze kaufte. Viel öfter geschah es, dass meine Großmutter in dem kleinen Hinterzimmer verschwand und mit dubiösen Säcken, Ampullen oder irgendwelchen Kräuterchen in der Hand wieder erschien.

Als Kind hatte sie mir nie gestattet, in die Kammer zu gehen oder irgendetwas zu hinterfragen. Doch aus irgendeinem Grund verspürte sie offenbar einen Drang, es mir noch vor ihrem Tod mitzuteilen, was sie da so trieb.

Exakt eine Woche nach ihrem Tod kam mein Vater mit einem Brief in mein Zimmer, der an mich adressiert war. Stillschweigend gab er mir das Kuvert. Offenbar wusste er, was in ihm enthalten sein würde, denn ohne auch nur eine Frage zu stellen, verschwand er auch schon wieder. Rosa war keine gesprächige Frau, doch sie hatte sich anscheinend viel Zeit genommen, um diesen Brief zu verfassen.

„An meine allerliebste Enkelin, Stella." Ich werde nicht schildern, was genau meine Großmutter mir alles schrieb, die Kurzfassung allein ist schon schockierend genug. Meine Großmutter war zu Lebzeiten eine Hexe gewesen. All die Menschen, die zu ihr in den Laden kamen und keine Kerze kauften, suchten sie auf, um entweder ihren Rat, Liebestränke oder seltene Kräuter für eigene Tinkturen zu bekommen. Meine Oma war allem Anschein nach eine gefragte Frau, wenn ich so zurückdenke, wie viele Kunden strahlend das Geschäft verließen, ohne je eine Duftkerze ergattert zu haben.

Nun zum eigentlichen Anliegen meiner Großmutter. Sie hatte in der Kammer noch etwas von höchster Wichtigkeit gelagert, dass unter keinen Umständen in die falschen Hände geraten oder gar kaputt gehen dürfe. Sie schilderte mir in ihrem Brief ausführlich, wo ich das Herzstück ihrer Kammer finden würde und machte mir ausdrücklich klar, dass ich es sicher aufbewahren solle.

Nur wenige Tage später befanden mein Vater und ich uns in dem Laden, da wir ihn ausräumen mussten. Das gab mir wiederum die Gelegenheit, nach dem Karton zu suchen. Ich betrat die kleine Kammer, deren Eintritt mir als Kind immer verweigert blieb. Binnen Sekunden stieg mir der Geruch nach Räucherstäbchen, Lavendel und anderen Kräutern in die Nase. Licht war nur spärlich vorhanden und so durchkämmte ich im Halbdunkeln die bis zum Rande gefüllten Regale. In ihrem Brief meinte Oma, dass ich den Karton in dem Regal ganz hinten im Raum vorfinden würde. Links unten hinter einem Stapel antiker Bücher. Tatsächlich fand ich dort einen kleinen Karton. Als ich ihn nach vor schob, konnte ich bereits „Vorsicht zerbrechlich" in roten Blockbuchstaben lesen. Der Deckel des Kartons war mit Kerzenwachs oder Ähnlichem versiegelt worden. Ich hob ihn sachte an und stellte zu meinem Erstaunen fest, dass er doch recht schwer war.

Meine Großmutter hatte in ihrem Brief nicht erwähnt, was sich in dem Karton befand. Sie bestand allerdings darauf, dass ich das Siegel nicht breche und auf den Karton acht geben muss, als würde mein Leben davon abhängen. Denn das tat es auch. Leider erfuhr ich das zu spät. Ich packte den Karton ins oberste Regal meines Kleiderschrankes und dort blieb er dann auch einige Zeit lang unberührt stehen. Bis ich eines schicksalhaften Tages beschloss, einen Frühjahrsputz zu machen und dabei fiel der Karton zu Boden. Mit einem lauten Klirren zerbarst der Inhalt. Der Karton war von Nässe durchtränkt und ich kippte sogleich um.

Mein Vater war nebenan und hörte den höllischen Lärm. Er eilte in mein Zimmer. Doch es war bereits zu spät. Ich lag reglos neben dem eingeweichten Karton, meine Brust hatte aufgehört, sich zu heben und zu senken. Ich war Tod. Meinem Vater blieb die Luft weg. Er sah den Karton an und begann zu schimpfen. „Ich hätte der alten Hexe niemals die Erlaubnis geben sollen. Ach, hätte ich doch nur auf mein Bauchgefühl gehört! Ich hätte loslassen, sie in Frieden ruhen lassen sollen! Aber nein, die Trauer machte mich blind. Das Versprechen meiner Mutter, noch einmal meine Tochter wieder haben zu können. Und nun das. Ich verliere sie wieder und dieses Mal kann ich sie nicht einmal bestatten lassen – muss selbst ihre Leiche vergraben."

Welcher Totengräber begrub schon eine 23-Jährige die eigentlich schon seit sieben Jahren tot war?